ふむ、私は順調に
老化している

中山千夏

もくじ

老化はすでに始まっている　6

2020年、春／ある日、マスクが消えた

自然に逆らってどうする　12
イヤな話に耐える覇気　16
マスクが消えた?!　20
まるで子抱き地蔵　24
モギャドン　28
総理大臣発、自粛要請　32
せまりくる不気味　36
ウイルスまくひとカネまくひと　40
ワラビとカンゾウ　44
私の問題・社会の問題　48
弁松の店じまい　52
DTすなわちダイタイ方式　56

2020年、夏／老化は一生一度の経験

さしずめ明治維新 62
時間は逆戻りしない 66
昔の広告屋、今アドマン 70
トランプ的「差別意識」 74
ひしひしと不確実性の時代 78
連日の雨、熊本を思う 82
対マスク無抵抗文化 86
「数え年」から「誕生日」 90
LGBTQ+! 94

2020年、秋冬／原因不明の不安

子役は若年労働 100
自殺と〝体面〟 104
誤魔化し日本語の横行 108
タレント事務所に電話してみた 112
ひょうたん島を知らないスタッフ 116

お前にゃあ、わかんねえよ 120
奇っ怪！アメリカ式選挙 124
医療や薬についての方針 128
木星と土星が接近すると 132

2021年、春／おせっかいでいい

まったくメデタクない！ 138
ワルガキ大統領 142
「正義」で乱暴 146
男の会議から女の会議へ 150
10年後の「余震」 154
花と人間の不思議な関係 158
3月8日は国際女性デー 162
スイスのステキなシステム 166
ひとのコトバ 170
商売のかたわら便秘に悩む？ 174
芸人の緊急事態宣言 178

2021年、夏／オリンピックと戦争

接種しなくていい理由 184
好きではないが、やらねばならぬ 188
パスワードを忘れちゃった 192
ハルジオン、ヒメジョオン 196
あやしい外来語 200
虚しい「平和の祭典」 204
センタクテキフウフベッセイ 208
入れ墨のココロ 212
ドーデモイイこと 216
どうしてとめられないの？ 220
だいじな居場所 224
貧弱このうえない医療体制 228
堤防に空いた穴 232

あとがき 237

老化はすでに始まっている

2009年1月7日

私事で失礼します。ただいま還暦まっただなか。子年《ねどし》だから、数えではすでに一歳越えたのだが。

昨年、自分が、「村の船頭さん」と同い年、とわかった時には、少々あわてた。「今年六〇のおじいさん」と歌詞にある。「おばあさん」をどう生きるか、なんて考えたことがない。思えば、すでに始まっている老化現象のあれこれは、初めての体験ばかりで、いやおうなく生きかたの再考を迫られている感がある。さすがの私も三日ばかり思案した。そしてわかった。

暦がめぐって還ったのだから、私は子どもに戻ればいい。子どもの構えをとればいいのだ。そう目星をつけて、では、子ども時代の最大の特色は、と考えた。それはなにより無計画、明日を思い患わないことだった。

むろん子どもなりに予定はあった。眠くても起きて学校へ行くとか、午後には楽屋入りせねばならぬとか（子役だったからね）。しかし、勉強も舞台も、未来のためにするわけではなくて、いま、すべきことだからやっていた。朝、目覚めると、さあ、今日はなにして遊ぼうか、とだけ考えた。そして、とにかく、いま、やりたいことを、いま､やろうとした。「明日にしなさい」などとおとなに遮られると､口を尖らせて言った。「いまやらなくちゃ、明日、死んじゃうかもしれないじゃないの」。おとなは笑った…。

それが笑い話ではなくなっている。いや、それは本来、人生の真実だろう。子どもの場合、明日死ぬ確率が低いから冗談に聞こえるだけなのだ。確率が高くなったいま、私は子ども時代よりいっそう子どものように、「ただいま」を生きればいい。そうだ、そうだ！

なんのことはない、今日までの基本路線を肯定しただけだ。しかし、こう決めたら、老年という初体験を生きる度胸がついた。そんな時、伊豆新聞に、身辺雑記を連載することになったのだ。当然、題は「ただいま雑記」。読者ご同輩、どうぞよろしく。

さて、ただいま、伊豆の山中に住んでいる。目覚めて居間に出てゆくと、天気がいい日は、窓の額縁いっぱいに豊かな緑、眼下に伊東港、はるかに続く海原がある。さあ、今日はなにして遊ぼうか。原稿書きか、先日やった伊豆急全線ウォークの写真でスライドショーを作るか、海に潜ってもいいな、いや？　たしか今日は仕事で東京へいくはずだったぞ、おお、電車のなかで本を読もう！

＊

というわけで、伊豆新聞紙上で毎週の連載が始まった中山千夏さんの身辺雑記は好評のうちに13年目を快走しています。この本では、２０２０年1月からの「雑記」を覗いてみましょう。

装画・写真……中山千夏
装幀……柏田幸子（well planning）

2020年、春

ある日、マスクが消えた

自然に逆らってどうする

2020年1月8日

あけました！

めでたいみなさんには、共に迎えた新年が、またよい年でありますように！　めでたくないみなさんには……ま、私の駄文でも読んで、気晴らししてくださいませ。

当方は一茶の心地なり。

めでたさも中位なりおらが春。

ものの本によれば、この句は一茶59歳の正月にひねったものらしい。当時の59歳は、今の私くらいの心境だったんじゃないかしら。ただし一茶は宗教者なので、もちろん私などとは違う。句の前文にこんな意味のことを書いている。風に飛ぶぼろ屋はぼろ屋のありのまま、大掃除もせず門松も飾らず、ありのままにして、今年も「あなた任せ」にお迎えしますよ。

このアナタは阿弥陀如来のことで、人生、阿弥陀さん任せをよしとする浄土真宗の教えを踏まえたものだそうな。私にはそんな悟りはまるでない。また一年生き延びた、これはメデタイのだろうか、はたまた？　まあ、どちらとも言えないな、中位だな、大晦日といい元日といっても、同じいちにちだしぃ、みたいな心境でして。けれどもアナタが誰かはわからないけれど、アナタ任せの心はある。りっぱな「高齢者」になってから、特に、ある。

毎年、暮から正月にかけての4、5日は、同居人（妹分）が実家に行くので、飲み食いの世話は自分でする。特におせち料理を用意しはしないけれど、カズノコと雑煮は大好きなので毎年食べる。特に雑煮は、元日は鳥出汁、2日3日は味噌出汁で、念入りに手作りする。

今年もやった。ほとほと呆れた。なんとまあ、もたつくことか！　食べるつもりだった時間を、1時間遅れて、やっとありついた。

手順がやたらに悪いのだ。ハタチ過ぎに自己特訓したので、一応、台所はできる。一時期は連日やっていた。しかし妹分と同居するようになってから、台所が遠くなった。おまけに雑煮作りは一年ぶり。手順が悪くなるのも当然か。

もう蝋梅が！　1月5日、庭で

いやいや、そうではない、明らかに短期記憶の衰えが原因している。ちょっと別のことをしたら、今していたことを、ケロッと忘れる。アレをちょっと考えたら、コレをコロッと忘れる。かくしてウッカリの連続になる。

日頃はたいして問題ないが、料理は火加減焼き加減切り時盛り付け時など、もたもたしていたら間尺に合わない作業ばかりだ。毎日やっていればなんとかなろうが、それでも家族のぶんまで世話するとなると、大変だなあ。と、ご同輩の主婦・主夫の苦労を偲んでいたら、テレビのCMが、「そのウッカリ、笑い事ですませないでください」。すわボケの第一歩、とばかりに、脳の衰えを防ぐというサプリだかクスリだかを売りつけようとする。

はっはっは、老いるのは自然、ボケるのも自然、人間は自然の一部、なのに、自然に逆らってどうする、笑ってすませて、自分の自然を味わいながら生きるのが一番よ。と、自然任せに生きる意を固く持ち直した正月でありました。

イヤな話に耐える覇気

2020年1月29日

むかあし、歴史学者の故・羽仁五郎さんから聞いたんですけどね、毎日、新聞の第一面を読んだらコレと思う記事を赤鉛筆で囲むんですって。コレ、というのは将来にとってよくない話。そうすると社会の方向がよく見えてくる、なんでもそういうお話だった。

なるほど、紙面が赤くなればなるほど世の中あぶないわけで。さすが学者は新聞の読み方もちがう、と感心した。

きみたちもやってごらん、とアドバイスされたけれど、とほほ、今にいたるもやってません。どうやら私には、イヤな話に耐えよう、という覇気が不足している。本紙みたいにのんびりした話題が多い第一面ならいいけど、ほかはもう赤鉛筆だらけになりそうな記事ばかりなんだもの。特にここ10年ほどは。

それに赤鉛筆で囲むべきかどうか迷う記事もあるから、難しい。先日も、これ、羽仁さんならどう分類したろうか、というトップ記事があった。大見出し〈津波3メートル以上　高確率〉〈南海トラフ地震　伊豆から九州で〉横書きに〈国の地震本部〉。(1月25日付の朝日)

これ、いい話?悪い話?　珍しくじっくり読んでみた。〈政府の地震調査研究推進本部〉が〈南海トラフ地震による津波が今後30年以内に沿岸を襲う確率を初めて発表した〉そうだ。解説によると、2012年に政府が発表した〈津波想定〉は〈東日本大震災を踏まえ、科学的に起こりうる最大級の地震〉を想定したもの。それによって防災対策基準が大きく引き上げられた。

しかし〈一方で、高すぎる想定に「なにをしても無駄」とのあきらめも生じた〉。最大級ではない3〜10メートルの津波でも深刻な被害がありうる。そこで、そんな津波が今後30年以内に起こりうる確率を、〈市区町村別にはじき出し〉て、非常に高い確率から低い確率まで3段階に分けて発表したとのこと。これを称して〈確率論的津波評価〉というのだそうだ。

はてな。そもそも「なにをしても無駄」の気分がこの社会に生じたのは、あの大津波に驚いて防災基準を大きく引き上げたせいだったろうか。違う。大津波によって引き起こされたフクシマ原発事故に震撼したせいだった。

原子力を安全に扱う技術は今も無く、たとえ地震や津波の来る確率がゼロだとしても、テロが原発施設を襲う確率や近隣国から原発目がけてミサイルが飛んでくる確率、作業担当者がミスをする確率も無視できないとみんなが知ったからだ。大量の核廃棄物の安全な処理方法もないままに、政府は原発をやめられないと知ったからだ。津波被害なら元気を出せばなんとか乗り越えられる。でも原発事故の被害は文字通り致命的だと知ったから、この社会は諦めと刹那主義に陥っている。

それなのに近年、原発事故の文字すらも、マスコミから消えている。ううむ、イヤな話に耐える覇気がないのは、どうやら私だけではないらしい。

マスクが消えた⁈

2020年2月5日

よくお出かけする家人（妹分）の報告によると、伊東の街のスーパーや薬品量販店から、マスクが消えているそうだ。もちろん、いつもより大量に店頭には並ぶんだけれど、たちまち売れてしまうとか。

東京、国立市のとある店では、何事かとびっくりするほど通路に人の列ができていて、先頭の前にはマスクの山があった。たちまちその山は消え、人の列は残る。すると店員が新しくマスクの詰まったダンボール箱を運んでくる。

そんな報告といっしょに、家人も一束、マスクを買い込んできた。もっとも彼女のマスク使用は、コロナウイルスの騒ぎによるものではない。ずいぶん前から愛用している。人中に出る時は必ず使っている。私にも勧める。

メンドウなのでめったに従わなかったのだけれど、フクシマ原発事故をキッカケに、電車に乗ったりする時には使うようになった。去年の正月、家人が持って帰ったインフルに、生まれて初めてかかって、いやあ、懲りた。以来、マスクに頼ることが多くなっている。効果については半信半疑、気休めだ。予防接種は好かないので私はしない。家人に一任してある。

今度、彼女が買ってきたマスクは珍しい。材質や作りはこれまでと同じ、使い捨てのものなのだが、色がほんのり桜色。特に効用はないらしい。あまりに売れてほくほくしたマスク屋さんが、はしゃいで作ったのかしらん。

いや、しかし、今やマスクも近隣諸国からの輸入に頼っているそうではないか。中国製だったりして。マスクに限らず中国からのモノは多い。ひとについては中国からの入国に神経を尖らせたり、そのわりにチャーター機を仕立てて中国からひとを連れ帰ったり、いろいろやっているみたいだが、モノについてはどうなのだろう？

コロナウイルス属コロナウイルス亜科ベータコロナウイルス属の２０１９新型コロナウイルス、というのが、昨年末から世界を騒がせている肺炎を引き起こすウイルスだそうだ。無症状から死に至るまで、と症状のハバが広い。

家人（妹分）イラストレーション・バイ・千夏

こう見ると研究が進んでいるようだが、ほとんどなにもわかっていない。世界中の学者が退治の方法に悩み、世界中の製薬会社が予防薬治療薬の開発を競い、世界中の政府が政権の危機を感じて慌て、そのせいで実情の公表がぎくしゃくして世界中のマスコミが騒ぎ、世界中のマスク製造業者が大忙しになっている。

そして私らはマスクをし、なるべく人中に出ず、もし出たら、帰宅後、急いでよく手を洗い、やられたら対症療法しかない。

コロナウイルス亜科には4つのヒトコロナウイルスが分類されている。それがすべて「風邪の病原体」だという。また2019年新型とは別に、SARSコロナウイルス（重症急性呼吸器症候群の病原体）、MERSコロナウイルス（中東呼吸器症候群の病原体）がある。

つまるところ、人間、風邪の類を根本から克服することはできないのですな。

まるで子抱き地蔵

2020年2月12日

うは、なんだこれ?!

まずびっくり。でも、毎年、そこに何が出るか知っていたから、すぐにわかりましたけどね。

正体はハッカクレンの新芽(写真)。

「これ、とても珍しい野草なのよ。前から欲しかったの。それが駅前の花屋にあったんよ」

買ってきたばかりの鉢を前に、わくわくしながら母がそう言った時には、祖母はもう他界していた。私はまだ東京に居て、しばしば伊豆の母を訪ねていた。

そうか、あれからもう20年余りたったのだな。

鉢には、真っ直ぐな茎のてっぺんに天狗の団扇みたいな形をした大きな葉を持つ草が植わっていた。植物に興味のないひとにとっては地味なタダの葉っぱだろう。私にしても母の植物好きを受け継いではいたものの、東京暮らしのシゴト人間だったので、特段の感動はなかった。

「ほら、葉に切れ込みがあって8つのツノになってるでしょ。だから八角連、ハッカクレンというの」

ひまさえあれば植物図鑑の類を眺めている母は、なかなか詳しい。いくつか種類がある、これはタイワンハッカクレン、

「台湾の林の中に生えているそうだから、半日陰の場所がいいね」

私も手伝ってよさそうな木陰に植えた。母の想い出には楽しくないものも多いが、植物につられて出てくる母は、いつも楽しい。

私が初めてその花を見たのは、その翌年だったか、3年ほどあとだったか。とにかく草木をじっくり見る余裕を持った初夏のころ。ひと目見て仰天した。

太い茎が二股に分かれて、それぞれのてっぺんに大きな八角の葉が開いているのだが、その二股の部分から、細い花茎が無数と言っていいほど垂れ下がり、それぞれの先っちょに、やや楕円のゴルフ

てっぺんに大きな八角の葉

ボール大の花が着いている。花は下向きだし地面に近いので、花弁の内部を見るのは苦労だ。ただその不可思議な形体と、目にも鮮やかなワインレッドの花色に驚くばかりだった。

そして先週、この新芽にまた驚いたわけだ。ハッカクレンは母の死後も毎年芽吹いて株の数を増した。それなのにこの新芽に気づかなかったとは！

どうやらハッカクレンの新芽には2種類ある。1本か2本の葉だけの新芽と、そしてこのお地蔵さんみたいな新芽。葉だけの新芽はおそらく花をつけない。お地蔵さんのほうは、なんとすでに2つのすぼんだ葉の間にいくつもの蕾を抱えている。まるで子抱き地蔵だ。この薄緑の子たちがやがてワインレッドに染まって花房となる。葉だけの株がお地蔵さんに育つまでには何年かかかるに違いない。それが今、株の数も一段と増え、子抱き地蔵の株も増えたので、私の散漫な気を引いたのだろう。

おそらく母はこのお地蔵さんを知っていた。生きていたら得意になって、この奇妙な新芽の解説をしたことだろう。

モギャドン

2020年2月26日

テレビ、ケータイ、パソコン、カード、これは私らよりあとで生まれて、あれよあれよと見る間に世の中を征服した。

そのうち私が親しくしているのはパソコンだけだ。遊びに仕事に買い物に、パソコンは欠かせないヤツとなっている。

ほかのみっつと疎遠なのはどうしてだろう?

思えばパソコンは、私のほうから興味を持って接近した。ほかのみっつはアチラから迫ってきた感じ。小さい頃モギャドンと呼ばれた私には、まだそのケが残っている。モギャドンとは抗うやつ、アマノジャクを意味する熊本弁だ。

テレビ、ケータイ、カードは向こうから押しかけてきた。そうじゃありませんか？どうも感じ悪い。だから地デジが見えなくても平気、4K8K興味なし、スマホなんか持つ気なし。ガラケーを持つようになったのは、街から公衆電話が消えたから。つまりクニの電信政策に迫られてやむをえず。どんなに不便でも逆らう、それほど根性のあるモギャドンではない。

昨今は、カードの脅迫をひしひしと感じている。これまでクレジットカード（巷間、クレカというらしい）を1枚、電車系のプリペイドカードを1枚、計2枚でしのいできた。

ただし、そうできたのは、妹分が山ほどカードを引き受けているおかげだ。クレカのほかに、銀行やATMで使えるキャッシュカード、支払いの時に見せると賞品や現金が還元されるおトクなポイントカードなどなど。かくしてカードで膨らみずっしり重い彼女のサイフが無かったら、我が社我が家の経営は成り立たない。

国の「キャッシュレス決済」推進政策が、カード進出に勢いをつけている。伊東のさるスーパーは、国のその政策に協力する、と宣伝している。その難解なビラを熟読したところ、この店は従来、支払いがどの社のクレカでも金券類でも、ポイントを出していた。しかし4月からは、現金のほかはポイントを出さない。ただし自社系列のクレカに限ってポイントをつける。早い話、自社系のカードによるキャッシュレスの推進だ。こんな動きにあちこちで出会う。

思えばポイントカードが駆逐したものは大きい。巷でのオマケには、売り手と買い手が互いに人間性を見せるやりとりがあった。安くしてよ、ほいきた、オクサン特別だよ、ありがとね……。そこに生じるトクは、ポイントのような一律で規則的で無味乾燥な、金銭上有利なだけのトクではなかった。人間の交流に特有な温度を伴うトクだった。

たしかにクレカや、電子マネーを介してケータイからも使えるプリペイドカードは、現金を持ち歩く面倒からみんなを解放した。でも、増えたカードはオカネ以上に重いし、情報管理も防犯もオカネ以上に面倒だ。なにより市場での人間の交流を阻害した。私たちタダの消費者にとっては、いいとこナシに見える。

なのにキャッシュレス推進。いったい誰のためなのかなあ?

総理大臣発、自粛要請

2020年3月4日

続々と訃報が届いています。いやヒトではなくて、集会の。言わずもがな、新型コロナウイルス（COVID－19）への恐れからだ。

一番大きな集会は「和田誠さんを偲ぶ会」。3月3日に東京で開く予定だったが、2月27日、主催の文藝春秋社からファクシミリで中止のお知らせがきた。不参加の通知が、発起人の面々からまで来るにおよんで中止を決めたとか。そのほか友人たちの小さなライブ、コンサートなど、ニュースにならない中止の報が相次いでいる。

なかの誰かが言っていたけど、まったく芸人にとって公演中止は死活問題だ。政府とか相撲協会とか有力芸能プロとか、わずかなりとも中止の損害を補償してくれる大樹がないから。自分のギャラばかりか事前の制作費も負わなければならないケースもある。

今日も伊豆山中に住むミュージシャンの天鼓からメールが届いた。やはり3月3日、渋谷で開く予定だったライブを中止する、〈予約くださった方、楽しみにその日を待っていてくださった方、申し訳ありません。コロナウイルスは感染してもほとんどが無症状／軽症のはずですし、メンバーの誰ひとりCOVID―19に負けるようなヤワなタイプではないのですが、感染が伝われば高齢の方たちや持病のある家族や友人知人に行き着いてしまうかもしれない。それは避けたいと思いました〉。ううむ、苦渋の決断だな。

このところずっと思っているのだが、総理大臣発、国民宛の集会自粛要請ってとてもヘンだ。第一、要請している当人が、国会だの会議だの宴会だのといった大々的な集会を中止しない。それでも内閣一同いたって元気。感染者が出たとも聞かない。

自粛要請は、万が一集会で感染があった場合の、政府の責任逃れだろう。「だから政府といたしましては事前に自粛要請しております」と責任転嫁する役にしか立たない。

文春にしても天鼓たちにしても、そし

「自」分で「粛」んでいます

て早々と小中学校を休校にした伊東市にしても、総理の自粛要請がなかったら、きっと予定を実行していた。それでもダイヤモンドなんとかという豪華客船を、感染者ごと封じ込め、またなんの防疫策もないまま解放した暴挙に比べれば、感染は広がらなかったろう。誰に指図されなくとも、ひとびとはいつも健康であるべく「自」分で「粛《つつし》」んでいるものなのだから。

そこで政府がすべきことは、第一に正確な情報をひとびとに広く知らせること、加えて万全の医療制度、そして経済的な安心を保障すること。それがあればひとびとは落ち着き、自主的にCOVID—19と向き合う構えができる。

でも。一大事が起こると、大半の政治家たちは、国民の安否など考えるヒマがない。その一大事が自分の政治的立場にどう影響するか、自分が有利に立つためにこの一大事をどう利用できるか、まず考えて行動する。放射能にまみれながらマスクを奪い合う私たちは、そんな彼らの作品なのだ。

せまりくる不気味

2020年3月11日

やっと事件の輪郭が見えてきた気がする。よくまとまった記事にぶつかったおかげだ。

BBC（英国放送協会）ニュースジャパン、3月7日付の記事〈新型コロナウイルス感染者、約10万人に　欧州でも感染者・死者増える〉を読むと、今、世界はとてつもない怪物に襲われているのだ、と身が引き締まる。

記事によると、6日、WHO（世界保健機関）は、感染者数が10万人に近づいたと発表し、〈各国政府に感染拡大の防止対策を「最優先課題」にするよう求めた〉。

ウチらでは、内閣の求めに応じて2日から全国小中高校の臨時休校が始まっている。6日に死者数49人を数え、総死者数197人に達したイタリアでは、すでに4日、国内すべての学校を休校にする、と発表した。会衆の多い施設や儀式、イベントについては罰則付きの禁止、と厳しい措置だ。

〈国連はこのほど、各国で続く休校によって、世界で2億9000万人以上の生徒・学生が影響を受けていると発表した。

国内で一律休校の措置が取られているのは、イタリアや日本を含め14カ国。フランスのように地域限定の休校措置は、イギリスなど13カ国で行われている〉。

そう聞くと、おっとり刀の思いつきみたいに見えたウチの親方の采配も、世界に歩調をあわせてのことだったのだな、とややほっとする。だがそれは、文明先進国である欧米でも、休校や集会自粛くらいしか打つ手がないのか、というガクゼンと背中合わせだ。

〈一方で、複数のメディアや研究機関は独自集計で、すでに（感染者数）10万人を超えたとしている〉。

新型コロナ騒ぎの不気味さは、この〈一方で〉があることだ。つまり、感染の実態について、権威ある機関や国などの正式発表とは異なる数値をいろいろなメディアが掴んでいる。それもこの記事のようにアチラとコチラの違いが明らかにされているのならまだしも、大半はうやむやのままなので不気味がつのる。

この記事に付いている図〈中国以外の新型コロナウイルス感染者数〉（出典WHO、各国保健当局。6日のデータ）も眺めていると不気味になる。

各国感染者数を1〜10、11〜100などと色で塗り分けてあるのだが、「感染者未確認」の灰色が多い。「1000超」の葡萄色は、日本（クルーズ船の人数含む）、韓国、イラン、イタリアだ。

うぅむ、この離れた小さな国々にはどんな共通点が？ と考える元にできるほど正確なデータではないかも？ はて、中国除外はなにを意味するの？ そもそもこの前代未聞のウイルス、どこから来たの、どこでどう生まれたの？

と唸っていたら、水道屋さんが顔を出した。自治会の道路の水漏れを修理に来てくれたのだ、が、ややっ、マスクをしている！ 風邪気味だ、帰りに医者に行く、と言い残して去った。ああ、どうかご無事で。伊東市の新型コロナ第1号にならないで！

ウイルスまくひとカネまくひと

2020年3月18日

恐縮ながらまた新型コロナの話です。というか、こんなひといるの⁉　と驚いた話。

3月4日、蒲郡市のある男子（仮にA男と呼んでおこう）が、新型コロナに感染している、と診断された。すると彼は家族に宣言したそうだ、「ウイルスばらまいてやる」。

そして女子接客員がはべる酒場に出向いて、1女子を指名し、当然ながら至近距離で談笑し、カラオケし、30分以上も遊んだ。

案の定、接客員のひとりが4日後に発熱。なおらないので検査を受けたら、新型コロナだった。怒った酒場の主人が警察に被害届を出したそうだ。(東海テレビ発信)

この男子、少年ではなく青年でもなく、レッキとした大人。50代男性だというから驚いた。死ぬ、と思ってヤケになったのかしら。それに今は、なんの仕事でも学業でも、新型コロナの影響で立ち行かなくなっている。そのうえに自分が感染しちゃったから、ヤケが何倍にもなったのかもしれない。

もうひとつ驚くのは、この男子に感染させられたのが、指名されてずっとそばにいた女子(仮にA子)ではなかったことだ。

店の防犯カメラの録画を見た記者によると、A男は開店前に店に入り、ひとり適当な場所のソファに着いて2分ほどしてから、A子を指名し、別の席に移動。そのあと、そのソファに座って30分ばかりひとりですごした別の接客員、B子が感染したのだ。

防犯カメラに見る限り、B子とA男は接触していない。接近もしていない。

恐るべし新型コロナウイルス２０１９年型！　感染力もさることながら、その得体の知れない感染のしかた！　これでは、たとえば電車で、他人が立ち去ったあとの座席に座ることも、感染の恐れあり、ということになる。

現代医学がこのウイルスの性質を解明するまでは、まともな感染防止策も立てられない。だから世界中の総理、首相、主席、王様は国境閉鎖や休校や町全体隔離などヤケクソのような策しか、打つ手がないのだろう。

それにしても政治はエグイ。世界中が大騒ぎだ。騒ぎに乗じて、ウチでも政府のツルの一声で国民の自由を制限できる法律(改正新型インフルエンザ等対策特別措置法)が成立したし。ひとびとのいのちより我がカネ、の風潮は、この期に及んでも薄まらないし。

騒ぎの初期に、ＷＨＯ（世界保健機関）のテドロス事務局長が中国の対応策を称賛するコメントを出した。その後、中国が、約21億円をＷＨＯに寄付したので、世界のマスコミは、この寄付は称賛コメントへのお礼だろう、と勘ぐった。すると今度はテドロスさん、13日の記者会見で「安倍晋三首相自らが先頭にたっての日本の」新型コロナ対策を褒めちぎった。ＷＨＯが加盟国の首脳の個人名を出して称賛する例はほとんどないことだそうな。同日、日本はＷＨＯに約１７５億円の寄付をしている。

それとは別にアベさんがテドロスさんを接待した、かどうかは私、知りません。

ワラビとカンゾウ

2020年3月25日

この時期、我が家の台所には野草が並ぶ。

もうツクシは終わって、ワラビの盛りに入った。我が自治会地内をひとまわりすると、このくらいの量、簡単に採れる。

ここ数日で最盛期に突入するだろう。すると妹分から「一度にこんなに採らないでください！　アク抜きする鍋が間に合いません！」と怒られることになる。

目にするとついつい採ってしまうのだ。採らずにおくと、一日でシダになって食べられなくなるから、もったいなくて、つい。というより、ツクシもワラビも「ハイここだよ、採って採って」と言っているような姿でいるから、つい。

ワラビのアク抜きにはツバキの葉がいい。簡単だ。ワラビと一緒に熱湯に漬けて落し蓋をして一晩ほど置くだけ。もっとも、ツバキの多い野山がごく近いから簡単なのだが。

写真、右のボウルはカンゾウの新芽。同名で呼ばれる薬草ではなく、食べられる野草のほう。隣人に教えられて、今年、初めて食べた。近所のあちこちに群生している。薄緑の葉が重なり合う小さな株を根元から切って採る。湯がいて、酢味噌、白出汁などかけて食べる。柔らかいのにシャキシャキしている。特に香りの無いのが物足りないけど、食感はネギに負けない。味噌汁の具にもいいに違いない。

中国料理ではその花を食べる、と聞いて思い出した。群生しているあたりに夏、橙色のユリみたいな花がちらほら咲くのだ。調べてみたら、八重の花はヤブカンゾウ、一重の花はノカンゾウ。近くの土手には、確か八重のが咲いていた。丘の上のは一重だった気がする。夏になったら花を確かめるのが楽しみだ。

花は細長い蕾を採り集めて、スープの具にしたり、鶏肉などといっしょに炒めたりする。これもまた、東京や横浜の中国料理店で、何度か食べたことがあるのを思い出した。とりたてて美味だった覚えはないから、花は見るだけにしておこう。

左のボウルがワラビ、右はカンゾウ

ヤブカンゾウは中国原産で……うわあ、また思い出してしまったではないか、新型コロナウイルス。知ってから三月余り、世界的な感染は衰えず、その正体の解明も進まず、もちろん治療薬もワクチンもできていない。感染者、死者の数も各国の公式発表はアテにならない。

日本では今や医療問題であるよりも、オリンピックを開けるかどうかが、政治のでっかい問題になっている。私の考えでは、取りやめまたは一年延期が「正常な判断」だろう。関係者のみなさんにはお気の毒だが、この疫病で死んだひとも多いのだから、涙を飲むしかあるまい。がっかりする大会好きも多いだろうが仕方ない。

私は１９６４年東京で燃え尽きてしまったし、観戦観劇観イベントの趣味がまるでないし、オリンピックと懐具合は関係ない。ただただカンゾウの花を楽しみに待つだけよ。

私の問題・社会の問題

2020年4月1日

〈傘がない〉という歌を覚えておられるでしょう、ご同輩？　1970年代の初めごろとても流行った。

マスコミがさかんに言う社会問題よりも、雨が降っていて傘がないこと、恋い焦がれる君に逢いに行きたいのに傘がないこと、それが問題だ……ざっと味気なくまとめるとそんな歌だった。

作って歌った井上陽水さんは私と同年生まれ。つまり、激しい学生運動がぐしゃっと崩壊した時代にワカモノとなった世代だ。社会問題より「私」の問題のほうが大事だ、と歌う中に「それはいいことだろう?」という一句があるのは、あの時代のワカモノには、まだ「社会問題」から目をそむけることに、ウシロメタサがあったことを感じさせる。

「私の問題」をわんさと抱えながら、でも女性差別という「社会問題」に首をつっこみ、差別のない社会を作るウンドウに乗り出していた私には、「うん、それでいいんだよ」とも「それじゃダメなのよ」とも割り切れなかった。

それが最近、解決したような気がする。

人間には本来、「私の問題」しかないのだ。個人がたまたま似通った「私の問題」を持ち、その数がある程度、多くなった時、それは社会問題になる。マスコミや政治が扱う問題になる。

陽水さんにだけ傘がないのならそれは「私の問題」だが、日本から傘が消えてしまったら、それは社会問題になり、問題を数量で扱う専門家たち、政治家や官僚、企業家や研究者たちが傘問題の解決をはかることになる。

ひとは「私の問題」しか考えられない。これは、我が身大事、自分さえよけりゃいい、我利我利亡者と背中合わせの性質ではある。それでもいい、というかそれが人間の性なのだと思う。

私が差別問題を考えるようになったのは、世のため人のためならず、間違いなく自分が女だったからだ。反原発に腰を据えたのも、福島原発事故を目の当たりにして、放射能の被害が我が身に迫ったからだ。そして今や、みなさん同様、新型コロナウイルスの蔓延がまさに「私の問題」になっている。

世界の原発事故は、なんといっても限られた地域だけの問題に見えるし、当局による被害の隠蔽もまずまず成功している。だからこれを「私の問題」とするひとの数もたいしたものではない。少なくとも新型コロナウイルスに比べれば。人間なら誰でも、大統領だろうが芸能人だろうが、差別なく襲うウイルスのおかげで、これは世界の誰にとっても「私の問題」になった。つまり地球規模の社会問題になったのだ。

原発にせよウイルスにせよ、マズイのは、社会問題だけが解決した時に、多くの「私の問題」がさも解決したかのように見えてしまうことだ。「私の問題」がひとつでも残っているうちは、それは解決されていない。

そのくらいに考えていれば、喉元過ぎても熱さを忘れず、次の問題に備えられるのではないかしら。

弁松の店じまい

2020年4月8日

歌舞伎座前の弁松が店じまいするんですって。

1810（文化7）年、越後出身のあるひとが日本橋の魚河岸に「食事処」を構えた。食べ残しの「お持ち帰り」が人気となって弁当の販売を始め、三代目・樋口松五郎の時には、店の名も弁当の松五郎、弁松と改めて、1850（嘉永3）年、折り詰め料理専門店となった。以後、暖簾分けやら本家争いなど、老舗にありがちな紆余曲折をたどりながらも、弁松は今に至る。

そのなかで歌舞伎座前の弁松は創業150年を誇っている。時代物の大御所、池波正太郎のエッセイに登場したし、久保田万太郎はこんな句を読んだ。「弁松の煮物の味の夜長かな」。

それが、この4月20日、店を閉める。新型コロナにトドメを刺された、ということらしい。


やや感無量。弁松の弁当を食べたことはない、と思う。だから「やや」。弁松の弁当といえば、歌舞伎につきものの懐かしい風俗のひとつだった。客も役者も裏方も弁松の弁当を贔屓にしてきた。

私自身は歌舞伎とは縁遠い。シロウト衆はご存知なかろうが、私が属したのは商業演劇と呼ばれた分野であって、同じ芝居でも歌舞伎との間には深い川があった。ところが歌舞伎座となるとメッポウ近かった。なにしろ、そのすぐ裏に住んでいたのだ。

小学5年生の時。大阪は梅田の劇場街で少し名の出ていた子役だった私を、東京丸の内の劇場街のドン、劇作家の故・菊田一夫が気に入って、東京にさらった。以来、何十年も東京暮らしになるのだが、その始めが、桃源荘という旅館だった。歌舞伎座裏の桃源荘は、興業にやってくる大阪の歌舞伎役者や関係者の定宿だった。東宝株式会社が選んでくれたこの宿の一部屋で、母と私はほぼ一年暮らした。

ここから毎日、有楽町の芸術座に通ったし、やはり東宝の肝入で転入した銀座の泰明小学校にも通った。歌舞伎を観ることはとんと無かったが、歌舞伎座に翻る幟（ノボリ）を見ない日はなかった。

そんなわけで、歌舞伎座にまつわる話には、郷愁をそそられる。それに芝居見物の弁当にも。

自分がやったことはないけれども、食べながら観劇するひとたちを舞台の上から見ていた。江戸時代に生まれたこの風習は、商業演劇にも伝わっていて、貸し切りの団体客などがよくやっていた。生意気な小役者だった私は、がさごそ弁当をまさぐる音と食べ物の匂いが客席から立ちのぼってくると、いつも心中、舌打ちしたものだ。ちっ、ちゃんと観ろよ、こっちは一生懸命やってるんだ、と。

「観ながら弁当」の風俗は、少なくなったとはいえ現代にも残っている。東京では歌舞伎座と、新派の根城である新橋演舞場、それに相撲の国技館。それぞれに老舗の弁当屋が寄り添ってきた。

それが今、弁当を使う客を失っている。獰猛な新型ウイルスが根強い風俗の首まで締めている。おおいに感無量だ。

DTすなわちダイタイ方式

2020年4月15日

あのね、最近、畑をやってるんですけどね、肥料でもタネの蒔き方でもキッチリやらない。生産業じゃないのでテキトーにやっている。このやり方を今風に名付けてDT方式。すなわちダイタイ方式。万事、大体でやっている。

ところでCOVID—19すなわち新型コロナウイルスに対する日本政府の対策。なんかよくわからない。緊急事態宣言を東京、大阪ほか7都府県に限って発令した。専門家が会議して決めたというけれど、7都府県に限ったその基準がよくわからない。もっと多くの都市、いや全国に発令したほうが効果的だろう。

また、その7都府県に対して「ひとと接触する機会を8割減らすよう」呼びかけた、とニュースが言っている。わからんなあ、どうして7割でも9割でもなくて8割なの？　そもそもひととの接触を数量で把握するのは至難の技だ。私は昨日、ふたり、いや3人と2メートル以内で話をしたけれど、その8割を減らせと言われてもなあ…とひねったアタマに、そうか、これはDT方式なのだ、とひらめいた。

言うまでもなく野菜は生き物だ。モノ、生産物として扱う方法もあるけれど、生き物として扱うと、どうしてもDT方式になる。ウイルスも生き物なら国民も生き物だ。だから政府もDT方式をとるしかないのだろう。ただし不完全型。

今の状況をたとえてみれば、国土は畑、政府はお百姓、ひとびとは野菜、新型ウイルスは野菜を喰う毛虫、それも毎年のように大量発生するマイマイガの幼虫みたいなタチの悪いやつだ。毛虫には有効な殺虫剤や開発された防御策がある。だからＤＴ方式でも十分、毛虫を追い払える。

いっぽう新型ウイルスは、有効な薬品も防御策もいまだ研究中。おまけにやっかいなことに政府というお百姓は、野菜が元気に育つことだけが目的ではない。害虫に対して打つ手が無くても、いかにも日夜効果的に駆除しています、と畑の内外にアピールしなければならないサガである。そこでいかにも有効策のラップにくるんでその実ＤＴ方式をひけらかすことになる。結果、逃げることもできないわれら野菜は、怯えながら立っているしかない。

しかし！　思い出そう、私たちは野菜ではない。人間だ。十把一絡げの8割でも7割でもない。ひとりひとりが10割の人間だ。政府の疑似ＤＴ方式に足をとられず、自分たちの健康は自分たちで守るのだ！　と鼻息荒く、まずはテキの正体を少しでも知ろうと、いろいろ記事を読んでいるのですが。

知れば知るほどこのCOVID—19、やっかいな代物だ。その遺伝子の型（1本鎖）からRNA型ウイルスに分類されているが、この型のウイルスは変異も増殖も激しいという。あの悪名高いSARSがこの型だ。もしやCOVID—19はSARSの残党が変異したものではないか、と私は疑っている。さもなければ地球外生物かも！

ああ高校の時、生物の授業をもっと熱心に受けておけばよかった。

《注》緊急事態宣言を受けて伊豆新聞も4月20日から特別紙面に切り替え。その間、この「雑記」連載もお休みになりました。

2020年、夏

老化は一生一度の経験

さしずめ明治維新

2020年5月13日

ただいま！雑記、復活です！

読者のみなさん、いかがお過ごしでしたか？　当方は、週一回の締切がないと、こんなにも一週間が長いのか、とびっくりもし、のんびりもした2週間でした。

私のようなヤクザな人間でもそんな具合に生活の異変を感じるのだから、平時、きちんとした生活を送っているみなさんは、良かれ悪しかれ大いなる異変を味わっておられるのだろうなあ。身の危険に直面している罹患者と医療従事者、適切な検査や医療も受けられないままかつてない経済危機に直面しているたくさんの友人知人顔見知りを思うと、口先オンナの筆先も重く鈍る。

でもでも、こんな時こそ口先オンナの上げる花火が、一瞬といえども世を照らすのだ、と気を取り直してパソコンに向かっております。やれやれ。

それにしても新型コロナ恐るべし！　この月曜までに感染症による死者が世界で28万人を超えたそうだ（ジュネーブ共同、5月11日配信による）。その大半が医療も経済も最先端を突っ走ってきた欧米の都市。人類の繁栄に対する皮肉としか思えない。

ヒマにあかせて観察すると、それぞれお国柄が見える。英国は誇り高きナイト式、米国は西部劇のガンマン式でウイルスと戦っている。中国は言うまでもなく一党独裁式。さて日本は、といえば、さしずめ明治維新式であろうか。

まるで出来たての国のように政府の仕組みが整っておらず、科学的な姿勢も力量も欠けており、ひたすら欧米に追随し、農工商はできるだけカヤの外に置いて、武士だけが難局を切り抜ける構え。

言葉までもが明治維新を彷彿させる。進歩的な明治初期の日本人は、英語を学び、それをさかんに漢語に置き換えた。それまでは漢語すなわち中国語と、それで語られる思想や医学が教養だったので、英語による教養を表現するにも、中国語を通すしかなかったのだろう。漢語への翻訳がよほど困難だったりすると、原語のままを使った。日本式の発音とカタカナで。やがて中国より米英の教養をおもんずるようになると、原語のままを使うようになって今日にいたる。

おかげで最近、日本の年寄りには覚えなければならない言葉がやたらに増えた。特にこの間は忙しい。パンデミックとコロナウイルスをやっと覚えたと思ったら、PCR検査やらドライブスルー式検査でしょ、ソーシャルディスタンスをやっと言えるようになったら、今後はフィジカルディスタンスに言い換えるなんてWHOが言い出すし。

厚労省は厚労省で「3密」なる言葉を発明した。内容は欧米が提唱するディスタンスなんだけど、独自性を出したかったんでしょ、密集、密閉、密接の3密を避けるよう、われらに呼びかけている。もしや電通が考えたんじゃあるまいな？　ま、それもいいけど、欧米ではもっと多くが簡単にＰＣＲ検査を受けている。呼びかけなら口先オンナにでもできるので、国はぜひ検査体制を充実させてよ。

時間は逆戻りしない

2020年5月27日

地デジ開闢《かいびゃく》以来、うちはBSしか見ていない。

べつに不便はないが、最近、どうやらCMが地デジとはえらく違うらしい、と気がついた。地デジに比べて多い、長い、そしてえげつない。ほとんど詐欺に近いようなのが大半。ナントカ倫理規定で地デジでは許されていないようなのばかり。

特にたくさんあって不愉快なのは、老人を対象にした薬モドキと化粧品の宣伝だ。

半日も見ていると、それらはこう言っているとわかる。

「ピカピカしてよく動く若者の肉体こそ正しい、シワだらけでうまく動かない老人の肉体は誤りである、よって老人は若者の肉体を保つべく努力しなければいけない」

こんなCM作るやつら、並べておいて日の丸つきの張り扇で端からパチンパチンとはたきたい。どう逆立ちしても時間は逆戻りしない、という真理から、われらの目をそらせようとするフラチモノだから。


長く生きればシワが増える、長年使った臓器はくたびれ、筋肉もくたびれ、排泄やら呼吸やら関節やらあちこちに不具合が生じる。

だから？　ほっといてよ、これが人間の自然なのだから。この肉体に安住して死ぬまで楽しく生きようではないか、ご同輩！

老いたら楽しくない？　思い返してみましょうよ、いつの時代の肉体が自分にとってよかったたか。私の場合、肉体が気にならなかったのは、幼児期のほんの一瞬だけ。

思春期に入ると性の成熟に追いまくられて楽しいどころの騒ぎじゃなかった。みんなそうだと思うのは、若い子みんな屈託のある顔をしている。あれは人生がどうのこうのというよりは、自分の肉体を持て余しているからに違いない。

ひとが羨む女ざかりもそう楽しくはなかった。みんなが言う美形とは、どこか違っている、それが大問題だったからだ。性的魅力がなければならない、そう思い込まされていたからだ。

そんなふうに肉体と葛藤して生きてきた。そんな昔日に較べれば、ただ残りの

ステキなステッキ

日々を無事に過ごせるだけの体力気力があればいい、という老人期こそ、楽しく過ごすチャンスだ、と婆は思うぞよ。

とにかく老化は一生一度の経験だ。もちろん幼年期も青年期も中年期も一生一度ではある。けれど老年期には、それらには望めなかった豊富な人生経験と、長年の間に培われた洞察力が備わっている。だから楽しい。

私は最近、動作が減速している。そういえば昔見た老人たちは、みんなスローモーだった。ふむ、私は順調に老化している。よく転ぶようになったが、それも幼時のようにステンと勢い良くはいかない、ゆっくりゴロンと転ぶ。正しい老人の転び方である。心配した若い友だちが、ステキなステッキを作ってくれた。去年、嵐で折れ飛んできた桜の枝を磨いて。室内や平坦地では素手で歩くが、でこぼこ坂では愛用している。

杖のつき方を工夫する楽しみも老人期ならではだ。

昔の広告屋、今アドマン

2020年6月3日

最初の20年ほどは中から、そのあとの40年あまりは外から、芸能界を見てきたが、その変動たるや、すごいものがある。

大きなところでは、テレビ芸能の地位がガアンと上がった。昔、テレビに出る役者は二流三流、舞台の芝居が役者の本流。子役ですらしっかりその価値観を持っていたものだ。

それが見る見るうちに変わった。テレビに出るのが一流になった。役者のみならず、誰でも彼でもテレビで演技したり司会したり喜んでバラエティ番組に出たりするようになり、みんなまとめて「タレント」と呼ばれるようになった。

それにつれてＣＭの価値が上がった。昔はマトモな役者と見られたいなら、ＣＭには出ないのが正しい芸道だった。でも今や役者のみならず誰でも彼でもＣＭに出る。これには広告会社の台頭がおおいに影響しているだろう。

昔、宣伝広告はいわばイヤシイシゴトだった。それが電通という会社が一流企業に育つにつれて、変わった。子役のころシゴトをしていた電通は、ほんとうに中小企業といった感じで、子役をアヤシて演出するのも電通のお兄ちゃん。みんな庶民的なひとたちだった、と覚えている。今の電通のひとびととは付き合いがないけれども、政治をも左右するほどの力を持つひとびとらしいから、いずれ恐ろしいほどスマートなビジネスマンで、子役をアヤシたりはしないに違いない。なにしろ昔「広告屋」、今はアドマンなのだ。

宣伝広告が大金を左右するビジネスへと成長するにつれて、広告技術者の一群が、これもまたどんどん上等になっていった。昔、特別な呼び名さえ無かった彼らが、あるいはイラストレイター、あるいはコピーライターとなり、優れた者は多方面で活躍して有名人となり、今や若者憧れのシゴトだ。

そうそう、アドマンの力が大きく変えたもののひとつに、芸名がある。子役のころ「千夏は芸名か」とよく聞かれた。本名だと答えると珍しがられたものだ。今の子どもたちの名ときたら、思わず「芸

大阪のかまぼこ屋かねてつのＴＶＣＭで商標てっちゃんを演じた小学生の私。その宣伝ハガキなり。顔で笑って心でぷんぷん（笑）

名か?」と聞きたくなるようなのばかり。芸名はなおのことで、会社またはチームがアド精神をふるって付けている。今や「つんく」はもちろん、句読点付きの「モーニング娘。」や「藤岡弘、」には私も驚かない。

しかし「きゃりーぱみゅぱみゅ」を初めて知った時はびっくりしたなあ。誰も発音できないような芸名つけてどうする?! そういえば最近、このひとのツイッターでの反体制的な発言が大きな騒ぎになった。女性歌手の政治的発言をバカにしたような投稿やそのまた反論が大量に流れたらしい。

ツイッターは今やアベ氏やトランプ氏までが利用していてマスコミを騒がせる。でも、実のところ誰が代打しているか、全くわからない。その多くはなんらかのアド・グループの作品に違いない。

いかにも有名人とジカに接することができるみたいなツイッターなんぞも、実は見せかけ。そう私は見てるんですけどね。

トランプ的「差別意識」

2020年6月17日

米国だったか英国だったか、とにかく皮肉の得意な白人が作ったジョークにこんなのがあった。

「私には嫌いなものがふたつある。差別と黒人だ」

コロナ嵐まっただなかの米国で起きた警察によるアフリカ系アメリカ人の虐殺と、それによって今や世界に広がった人種差別反対の声。ああ、まだまだ解決していなかったのか、という感慨と共に、この古いジョークを思い出した次第。面白いことに、昔と違って今では、この矛盾したセリフを吐いている白人の顔が彷彿とする。それがどうしてもプレジデント・トランプなのね。

まだ大統領になって間もないころ。あるジャーナリストが彼を批判した。トランプさん、よほど悔しかったのだろう、そのジャーナリストを公の場でからかった。話し方から身振り手振りまで面白おかしく真似て。そのジャーナリストは軽い身体障碍者だったのだ。もちろん人権感覚の鋭い世界でのことだから、たちまちニュースになり、世界に広がり、私までもが、障碍を皮肉るトランプさんの映像を見ることになった。おかげでトランプさんの顔が差別者の顔として、私の頭に焼き付いたのだろう。

しかしこの程度の差別なら、私たちだれもが多少とも持っている。区別に偏見の加わったものが差別なのだから、区別の能力がある者は、簡単に差別もできるわけで。ただ、私たちの多くは、相手の気持ちを考えて差別を口にしない遠慮、または自分を磨くために差別を反省する向上心を持っている。トランプさんのようなひとは、そのどちらもが欠けているに違いない。

でも、ちょっとやそっとの遠慮や向上心では防げない差別というものがあるみたい。自然災害や大事故や疫病や不況や戦争の被害者には誰だって同情する。機会があれば優しい言葉をかける。ところがそんな彼らに国やしかるべき団体から保障金や義援金が出るとなると、見る目は少々冷たくなる。ましてそのカネで遊んでいるなどという噂を聞くと、少なからぬひとは堂々と怒る。その個人にではなく、「遊んでカネを得ている被害者たち」への怒りをあらわにする。

最近も「難民のなかには、義援金という他人のカネで遊び暮らしているやつがいる、そんな難民は許せない」と怒って、「そんな難民」を揶揄するポスターを大々的に発表した漫画家がいた。

こうした怒りの実体は、すべて被害者差別の弱い者イジメだろう。なぜなら、誰も望んで難民になりはしない。望まないのに不当にも災難に遭い丸裸にされた。そんな彼らの誰かが、いささかインチキに「他人のカネ」を得たり使ったりしたからといって、それが大声の怒りに相当するものだろうか？　望んでなった政治家の公金横領に向けるのと変わらぬ怒りに？

もろもろの被害者よりマシな暮らしをしながら、彼らの生活ぶりを公に非難するのは、トランプ的差別意識の思い上がりというものだろう。

ひしひしと不確実性の時代

2020年7月1日

コロナが世界中で盛り返している。

ウイルスの正体は相変わらず不明。各政府やWHOも含めて対策は手探り。おまけにアメリカでは西側諸国を沸き立たせた人種差別事件とそれに対する反対運動がざわざわ。そこへ大統領選挙がからんで、わさわさ。

日本でもコロナ復活の兆しのうえに、さまざまな汚職疑惑が浮上するなか、東京都では都知事選が始まった。実に落ち着かない。

そういえば昔「不確実性の時代」というのが流行したっけ。今こそそういう感じがする。わからんことばかりある気がする。

今、大きな不思議は、大衆の動きだ。国や都市の政府の号令によって「自主的に」閉じこもりあるいはマスクをし、また政府の号令によって街に海に「自主的」に繰り出して密集し遊ぶ。これは洋の東西を問わない。国民性など越えているように見える。年齢も越えているかに見える。

パンデミックが片付いた、というニュースがあるのならわかる。どこにもそんなニュースは無い。どの政府も、経済重視の観点から勇敢にも禁を解いたに過ぎない。結果、密集する多くは経済人ではなく消費者だ。わからん。健康より消費が大事なのかしらん。どうしても必要なものを買いに出るのならわかるが、人出の多くなった原宿で、化粧品を買いにきた、という母子をニュースで見た時には、ネジ切れるほど首をひねった。

また、こうも思った。感染の危険も顧みないほど必要な買い物があるなら、政府の号令など無視して自主的に出ればいい。幸いにも我が政府は罰則を設けてはいないのだから、それに自己責任が好きな政府なのだから、堂々と自主的に、感染を防ぐ手立てを工夫して出かけ密集すればいい。

でも洋の東西を問わず、ひとびとは政府の号令に従う。そこにどんな精神が働いているのか、私には謎だ。

謎といえば最近、法相（前）とその妻

雑草大好き！ホタルブクロ　雨滴がきれい

の参議院議員が公職選挙法違反の買収容疑で捕まった。この事件そのものも謎だらけではある。検察がらみ政治抗争の気配を感じる。だが最も新しく単純な謎は、広島県のふたりの市長だ。

まず6月25日、三原市の天満市長が会見し、150万円受け取ったと「自白」し謝罪した。ついで26日、安芸高田の児玉市長が60万円受け取ったと「自白」し謝罪した。ところが責任のとり方がえらくまちまちだった。天満さんは30日で辞職すると明言した。ところが児玉さんのほうは、アタマを坊主に丸めただけ。進退については、かえって続投に意欲を見せた。

この違い、わからん。収賄も違法であるはずだ。もちろん、前法相ともども裁判はまだだから罪状が決まってはいない。それでもなにか一貫した「落とし前」の付け方があってよさそうなものではないか。市長は公職なのだ。公職は何事も一貫した法によってあるべきだろう。それとも貰ったカネの多少によって進退が決まる、という法でもあるのかしら?

連日の雨、熊本を思う

2020年7月8日

今朝も雨。細い谷川の水が増量して音も常の倍になり、そこへ木々の葉から葉へと落ちる雫の音が重なる。負けじと鋭いウグイスのサエズリが警報のように。

一昨日（7月4日）から警報つきの大雨が断続している。特に九州、熊本や鹿児島がひどく、4日朝のニュースから衝撃的な洪水の動画が並んでいる。今日は宮崎の被害ニュースが大きい。いずれもちょっと思い入れのある場所なので、気になる。

特に熊本には、わずかながら親戚がいる。何年か前の大雨では、花屋をやっていた親戚の店が、大きな被害を受けたようだ。「ようだ」というのは、親戚として水臭いようだが、実際、彼らとの付き合いはさほど濃くない。祖母と母が他界してからは、なお薄い。

母方の祖母が熊本の農家の出だった。一村が親戚でなっているような一族の本家で、戦前は小作人がいただの、女学校ではほかの子から離れた特別席を与えられただの、曾祖母は武家の出でいつもオヒキズリの着物だっただのいうのが、祖母の自慢だった。菊池市にあるその跡は、祖母の弟が引き継いでいる。祖母の死には伊豆までかけつけた彼も、今は亡い。サッサ・カズミ（佐々一水）といういかにも彼の地らしい名のおだやかなひとだった。

また隣町の山鹿市には、私の父、中山さんの一家が住んでいる。これもまた水臭い言い方だが、実際、そういう関係なのだから仕方ない。

母は、父つまり私の祖父の仕事の関係で、大阪っ子として育った。それが、戦争で熊本を頼って山鹿に疎開した。戦後も居続けるつもりで一青年と結婚、私を産んだ。2年ほどで離婚し、中山さんと再婚した。いわゆるバツ2。負けた。私はバツ1にすぎない。

養父にDVを受けた話など聞くと、つくづく私はついていた、と思う。陽気な父だった。よく遊んでくれた。母より父が好きだった。父母が離婚する時に事実を知ったが、それまで実父と信じこんでいた。知ってからは、よくぞ血縁の無いコを、ああまで大事に育ててくれたものだ、と感謝の思いだけが湧いた。実父に

晴れ間のジギタリス（庭で）

会いたい、などとは少しも思わなかった。

それは多分、当時16歳の私の人生が充実していたからだろう。シゴトが面白かったし、いい恋人もいた。考えることがたくさんあった。そうでなかったら、よくドラマにあるように、実の父にこだわったかもしれない。

養父は母の従姉妹、カズミさんの娘と再婚している。だから中山さんとは今も親戚だ。母の姪の長男をなんというのか、とにかくその中山一朗クンは東京にいて、たまに伊東にも遊びにくる。主たる交流はＳＮＳを通してだ。

パソコンしない父とは滅多に交流しない。ゆっくり会ったのは3年ほど前が最後。年賀状で達者を知り、ほっとする。洪水のニュースにそわそわする。

今回も山鹿は大丈夫みたいだ。連日の雨は湿った思いをひき連れてくる。

対マスク無抵抗文化

2020年7月15日

見て見て、私も「手作りマスク」持ってます！　どれも友だちが送ってくれたの。半分は、なんとウーマンリブで知り合った「戦友」から。まだマスクが店頭に少ない頃、送ってくれた。彼女も友だちから貰って、そのお裾分けだって。

もう半分はダイビング仲間から。こんな時節にはみんな変わったことをするようで。彼女、およそ針仕事からは遠いひとだったんだけど、何十年ぶりかで縫い物したんですって。

どれも友情がこもっていてイイ感じ。使い心地はまだわからない。もう何ヶ月も人中に出る機会がないんだもの。まだ当分、このヒキコモリ体制は続くだろう。危惧したとおり経済優先政策が、またウイルスを元気づけているみたいだから。

マスクといえば、アメリカ大統領のトランプさんが、最近、初めてマスク姿をひと目にさらしたそうで（7月11日）。マスク、大嫌いだったのにね。軍の医療施設を見学する機会に「変節」した。負けず劣らずマスク嫌いで有名だったブラジルのボルソナロ大統領も、マスクして記者会見することになった（9日）。こちらは自身が検査で陽性とわかったのをキッカケに。

私はツッパリが好きだ。集団暴力はむろん嫌いだが、自分の流儀を押し通すツッパリ精神が好き。ツッパリを「男の勲章」と歌うコメディ・ドラマ『今日から俺は！』は面白い。そのなかでツッパってる兄ちゃんも、負けず劣らずツッパっているスケバンもそぞろ可愛く、どこか悲しいところがいい。

　でもそれが一国の長となると具合が悪い。トランプさんもボルソナロさんもツッパリ体質で、ウイルスの脅威を軽く見るのが男の勲章と心得ている。そう見える。予防などオンナコドモのすることった、とばかり、そのテの法案にはすべて抵抗してきた。

　だから今、アメリカ合州国と連邦共和制国家ブラジルは、新型コロナ罹患者数および死者数の世界1位2位を競っている……のだと私は思っている。そして富

友から届いた手作りマスク

裕なふたりは生き残り、貧困層やアマゾンの少数民族がバタバタと倒れている。

写真でご両人のマスク姿を見て、やっぱりツッパリだ、と感動した。見間違いでなければ、ボルソナロさんのは真っ白平面のド真ん中にカッコヨク笑顔で構えた自分の写真が印刷されている。トランプさんのは立体作り真っ黒の片隅に、どこかの組の代紋みたいなマークが！　大統領府のマークだそうです。いずれもツッパリ中学生が好みそうなマスクじゃないですか。

そういえば日本の罹患数の少なさに世界の学者が首を傾げて、原因は生活習慣か免疫かなどいろいろ言っている。私はマスクに違いないと思うな。欧米人には異様らしいが、アベさんからシモジモまで抵抗なくマスク。いわばツッパリっ気のなさからくる対マスク無抵抗文化ね。ツッパリっ気がないのにも多々問題はあるけれど、ことコロナ対策に限っては、これが幸いしてるんじゃないでしょうか？

「数え年」から「誕生日」

2020年7月22日

このところ窓の外を見ているとどうしてもこの歌が浮かんでくる。

〈雨がふります雨がふる〉

『雨』。私が幼いころには童謡のスタンダードだった。北原白秋作詞、弘田龍太郎作曲。

100年少し前にできた歌だ。

〈遊びにゆきたし傘はなし〉

おや、思えば井上陽水『傘がない』と同じ発想ではないか。世代は離れても、雨で外出できなくて困る人情は、いつの世も変わらない。

それもそのはず人類は、傘よりも強力な雨よけの手段を発明できずにいる。雨を止めたり降らしたりなど、いまだに空想マンガの話だ。雨に寄せる詩人たちの思いが時代を越えて変わらないのは、結局、雨よけの手段が変わらないからだろう。

つまるところ、雨を始めとする自然の力には、人間、ほとんどなすすべがない。火山の噴火、地震、津波、川の氾濫などを無くそうとする努力は無駄。なるべくそれらが起きないような暮らし方をコチラがする。それらが起きた時、なるべく被害が小さいような家や集落を作る。それが最も科学的な生き方なのではないかしら。

〈ベニオのカッコも緒が切れた〉

そうそう、われらが幼少のころには、近所の子もみんな下駄履きで飛んだり跳ねたりしていた。だからカッコというのが下駄の幼児語であることも、ベニオが紅色の鼻緒であることも、いつの間にか知っていた。

その後はどうだろう？　たまたま近くにいたアラ還暦の人間に聞いてみた。予感的中、ワカリマセン。下駄はもちろんわかる。履いたこともある。けれどもカッコやベニオなど細やかな味のある言葉は、レインシューズやスニーカーに蹴散らされてしまったらしい。

モノはさほど変わらないが、言葉やそれに伴う習慣は、時代につれて大きく変わる。テレビの時代劇を見ていると、時々、現代の言葉に違いないものが出てきて面白い。近頃のヒットは「誕生日」だ。

♪７月13日に友人が贈ってくれたクマさん楽団♪

北大路欣也の『銭形平次』（98年まで放送。今、ＢＳで再放送している）に、「誕生日」の祝として愛する町娘に簪を贈る大工が出てきた。まず違和感があったのは、時代劇の登場人物が「誕生日」の贈り物などする場面は、これまで見たことがなかったからだ。

待てよ？　そういえば、この時代に誕生日だの誕生祝いなど、あったのかな？　無いのでは……あ、無かった！　なぜなら昔は数え年だった。同じ年に生まれた者は、何月何日に生まれようとも、その年が1歳で、以後、正月を迎えるごとに一斉に、みんないっしょにひとつ年を取ったのだから！

現代日本の誕生日は、数え年の消滅と、何事も個性を重視する欧米文化の受け入れによって、それこそ誕生したものであるに違いない。こう思い至った時には、いやあ、少々感動した。

誕生日というありふれた習慣ひとつにも、人間社会のさまざまな来歴が染み付いているものなんですね。

LGBTQ＋！

2020年8月26日

初めて聞いた時にはサンドイッチの一種かと思った。BLTサンドイッチというのがあるので。Bベーコン、Lレタス、Tトマトをはさんだやつで、なかなかイケる。だからLGBTというのも、てっきりその仲間かと。まあったく、昔は難しい漢字熟語の読み方に悩まされ、今は英語の頭文字言葉を覚えるのに苦労する。次々と出てくるんだもの。

今や読者の多くもご存知だろう。Ｌレズビアン（性愛の対象が同性である女）・Ｇゲイ（性愛の対象が同性である男）・Ｂバイセクシュアル（性愛の対象が同性異性両方であるひと）・Ｔトランスジェンダー（自分の肉体の性に違和感があるひと）。これ、やっと覚えたら、最近はＬＧＢＴＱ＋が主流だって。やれやれ。

Ｑはクエスチョニング（自分の性愛の方向をまだ決定できない、もしくはまだ決定したくないので、？？？状態のひと）とクイア（Queer）の頭文字。クイアは、もとは「正常」から見て性のありかたが怪しいひとに対する差別的な悪口の英語だった。日本語で言えば、「へんなヤツ」、「ヘンタイ」みたいな。逆にそれを差別される側が積極的に使うようになった。「そうだよ、私ヘンなヤツ、ヘンタイだよ、それがなにか？」という感じで。「＋」は「人間の性愛には、そのほかにもいろいろあって多種多様」の心らしい。

まったくのところ、ひとがどんな性向だろうが、大きなお世話だと思う。強姦やストーカーはもってのほかだけれどね。相手も合意で平和にやるなら、誰が誰をどう愛したって、いい。

それにLGBTQ＋の存在は、人間らしさの証明ではなかろうか？　自分の肉体の性に違和感を抱いたり、自分の性愛がどういう方向なのか決めかねたり、総じて自身の肉体の特質に、やすやすと従えないというのは、人間ならではのことだろう。

少なくとも、生まれ持った肉体の性愛衝動のままに、強姦に走ってしまうような「正常」よりは、はるかに正しく人間

今年のザクロまだ青い

らしいと思う。そして誇らしく感じるけれども、多分にわずらわしくもある。

庭のザクロが今年はたくさん実をつけた。これは花ザクロであって、花は咲くけれど実は成らない、と母は言っていた。珍しくひとつ成ったのを食べたのは何年前だったろうか。以後、成ってもひとつだったのが、今年は10を越す勢い。おそらく昨年、木々の茂りを大々的に整理したのがよかったのだろう。以来、このザクロの樹、せいせいした、と呟きながら、盛んに花を実をつけたように見える。

むろん、そんなことはあるまい。植物はただ、生まれながらの性質を、環境に合わせて発揮するだけだ。自分が花や実をつけることに、疑問や悩みをもつことはない。それでいて、花咲き実がなり根が張って、子孫を生み育てていける。環境が変わったり老いたりすれば、ただどたりと倒れて腐るだけだ。

そのすっきり簡単であること、うらやましい限りだなあ。

2020年、秋冬

原因不明の不安

子役は若年労働

2020年9月16日

子役は若年労働者です、体験的にも実態的にも。
オトナの職場にいろいろあるように、子役も属する環境によって経験はいろいろ。
昔は大きく分けて3種類の環境があった。
①舞台およびその楽屋、②映画およびその撮影所、③移動劇団。
子役大センパイの水の江瀧子さんは13歳で松竹少女歌劇団に入ったので①。我が母

と同年で一世を風靡したデコちゃんこと高峰秀子さんは松竹蒲田撮影所に所属して少女時代を過ごしたので②。③でオトナになってからよく知られたのは、私よりふたつ下の梅沢富美男さん。「梅沢劇団」の子役から、今はその3代目座長だ。

テレビは芸能人にとって、職場と言えるような一定した労働時間や環境が定まらないので、今は置いておく。あ？　売れっ子TVタレントがしばしばクスリや非行で話題になるのは、労働環境がひどく不安定なせいではなかろうか？

一定の職場、撮影所や劇団に腰を据えていないタレントは、派遣労働者と同じだ。所属するプロダクションや劇団が派遣会社。テレビ局は派遣先。会社とテレビ局との関係によって、労働条件は良くも悪くもなる。たいていは悪くなる。

いや脱線脱線。

私は①でした。東宝株式会社の演劇部に10歳から18、9歳まで所属していて、有楽町の芸術座が基本の職場、次いでその向かいの東宝劇場、時に名古屋の名鉄ホールなどに出張していた。東宝を離れてからは自家営業。

子役という若年労働者の問題は、なんといっても同年代の同僚が極端に少ないこと。わずかにあったそうした仲間は、だからとても懐かしい。長じた姿をＴＶで見ると、あ、ナニナニちゃんだ、と思わず声が出て、その元気な姿が嬉しい。

小学生のころ共演した日吉としやすクン、土田早苗ちゃん、中学生のころの岡本信人くん、そして同じ楽屋で一月過ごし、18歳の悩みや楽しみを分け合った島かおりちゃん、前田美波里ちゃん。

まだ幼い時は、競争心や嫉妬心もむき出しでいろいろな事件もあったけれど、時がたつと、同じ職場で数少ない若年労働者として交わしあった共感だけが残っている。

ところで私は、芸能をやりたい、という子やその保護者に相談されたら、どうぞおやりなさい、と答えるだろう。いや、相談されたことは無いが。でも子役としてＴＶや舞台に出たい、と言われたら、ちょっと待て、と言うだろう。

第一にその希望は、当人自身のものではなく、周囲のオトナに影響されてのものに違いない、そう確信するからだ。そして子役は若年労働だからだ。今、戦地や貧困地域での若年労働が問題になっているけれど、子役もまたまぎれない若年労働なので、同じ問題をはらんでいる。たまに一部を照らすスポットライトのために、問題は闇に沈んでいるだけだ。

それを見るのは、オトナの役目ではないか？　機嫌よくＣＭタレントを務める子どもを見ながら、元子役はそんなことを考えるのでした。

自殺と〝体面〟

2020年9月23日

自殺数の統計を警察庁がとり始めたのは、1978年だという。

やがて、経済大国G7のなかで、日本は最も自殺率が高い、と内外の話題になった。1998年ごろ、自殺は急増して3万件を超え、2003年には統計上最多の3万2109件を記録した。2011年からはなぜか減少しているが、今も世界一らしい。

社会学者の研究によると、こうした変動は必ずしも世の中の景気・不景気や平和・騒乱とは同期していない。最も新しい論（今年5月に青弓社から出版された『新自殺論　自己イメージから読み解く社会学』）をとりまとめた学者によると、自殺数の変動はひとが「体面を失う（フェイス・ロス）」ことと関係しているという。

その本を読んではいないし、難しそうだから読むつもりもないのだけれど、体面を失うことが自殺につながる、というのはわかる。男女で見ると、女の自殺数は男よりいつも少なくて、ほぼ1万人弱で続いている。これは、女には体面を保つ必要のある場が少ない、ということだ。つまり世間の規模が小さいので、体面を失っても打撃が小さい。

対して男には、特に日本の男には、体面を失うことが切腹になる歴史があって、その影響は、われらウーマンリブが男の体面を軽くしたにもかかわらず、まだ残っている。今も男は女よりも広く社会とかかわり、そのぶん体面の、いわば面積も広い。失うと自分が無くなってしまうほど広い。

戦争やコロナ禍などが即自殺増加につながらないのは、みんなでいっしょにひどい目に会っている感じが強くて、自分だけの体面が問題にならないから、ではなかろうか。一部の予想を裏切って、コロナ禍の経済悪化のなかでの自殺数はむしろ減っている。

自殺を避けるという観点からは、ヒキコモリはいいらしい。体面を気にする機会が少ないから。しかし、現代ではインターネットという「世間」があるので、ヒキコモリでも体面が傷つく機会が生まれる。タレントの木村花さんのような自

ヒガンバナの季節

殺は、ネットで体面を傷つけられた結果の代表例だろう。

それにしても今年は芸能人の自殺が多くないですか？　と言っても花さんをはじめ、報道が芸能人と言っているから、そうか、と思うだけで、私はよく知らないひとばかり。いや、最近の芸能人について私の知見が狭いだけで、ネットにはその死を悼む声が多い、そんなひとたち。5月の木村花さんに続いて、7月には三浦春馬さん、8月に濱崎麻莉亜さん、9月14日に芦名星さん、そして20日には藤木孝さんの自殺が報じられた。藤木さんだけは幼い頃からTVや舞台を観てよく知っている。

その程度のことであっても、知人の自殺には「フェイス・ロス」だけではないアレコレが思いやられる。統計はあくまで統計であって、自殺にいたったひとりひとりの思いを解明できはしないだろう。

なんにせよ惜しい。晩年の藤木孝は個性的ないい俳優だった。惜しい。

誤魔化し日本語の横行

2020年9月30日

気候がへんてこなせいかしら。それとも新型ウイルスなんてものが流行って、一向におさまりそうにないせいかしら。

とにかく気分がざわざわして落ち着かない。政治にしたって、こんなに不安定な時代はここ半世紀、なかったような気がする。

もっとも私がハタチぐらいのころは、老人たちはこんなふうに言っていた。

「昔のほうがマシだったよ、悪い悪いと言われてきたけど、吉田茂のほうが今よりずっとよかった」

同じことを言いそうになる自分に呆然とする。悪い悪いと言っていたけれど、佐藤栄作のほうがマシだったよ、田中角栄ナンンか上等だったよ……。

悪さの質が時代によって変わるからかしら。昔の政治の悪さは、多少とも思想的な問題だったように思う。ところが今やカネ、カネ、カネ、カネを巡る悪さが政治をおおっている。そして私は古い人間なので、思想的な悪さのほうが、カネ的な悪さよりまだマシに見えるのだ。

それで、昔の政治のほうがまだマシだった気がするのだろう。特にアベ・トランプ権力になってからは、お先真っ暗。その感じが基調にあるから、なにをやっても気が晴れない。一瞬、晴れるのは、野菜や植物や虫や気の合う友と付き合っている時だけ。

めちゃくちゃなコトバの横行も、とても気分を悪くする一因だ。いや、最近、国語審議会だかが調査したようなコトバのことじゃないのよ。コトバは時代によって変わる、変わっていい、と思っている。だから、若者が多用するヘンな文法のコトバや、ネット発の隠語めいた単語なども、使いたければ使えばいい、と思う。

日本語の将来が不安になるのは、たとえばこんなコトバを新聞の見出しに見た時だ。

〈専門人材「ジョブ型雇用」拡大〉（東京新聞、9月28日）

なんのこっちゃ?! 読んでみたら、要は正規雇用をとりやめて、「ジョブ型雇用」でいく、というのが大企業から始まっている、そういう話だった。

これまで日本では、新卒を一様な試験で採用し、一様に正社員として扱う、それが大半だった。それを、事務は事務、販促は販促、などと、就職の時から職種とノルマと報酬を別個に決めて、職人を雇うように社員を採用する、という方法だそうだ。ジョブは仕事を意味する英語だが、ワークよりも分担された仕事や手間仕事のニュアンスが強い。

もちろん雇われる側にとっては、従来の正社員よりも、われわれ芸人に近い不安定なカタチになるはずだ。その是非は別として、私の問題はなぜ「分担型雇用」と言えばよさそうなものを、経済界はスマートでオシャレな新しいコトバを用いるのか、ということだ。

これも最近、私が気に病んでいるゴマカシ日本語のひとつに違いない。そう、ゴマカシ日本語の横行は、私達をゴマカシ社会にひっぱっていっている。

タレント事務所に電話してみた

2020年10月14日

「はい、○○企画です」

「あ、お宅にワタナベアツシさん、所属なすってますよね？」

「はい、所属していますが」

　アニメの声優みたいな女性の声。○○企画の電話番号はネットで調べた。

「あのう、私、ともだちなんですけど、最近、彼と連絡とれないんでお宅に電話したんです。アッシさん、お元気ですか？」

「ハイ、元気ですよ」

ネット情報はかなり古いものばかり。最近の彼の動きが見えないので、ここに電話したのだ。

「そう、よかった。実はちょっと連絡したいことがあるので……電話番号は教えていただけないですよね？」

「ええ…それはちょっと。個人情報ですから」

「でしょうね。じゃあ、伝えていただけませんか、私ナカヤマチナツという者なんですが」

「は、ナカヤマ…チ…？」

うへ、声で予想したとおり若いひとだ。

「チ、ナ、ツです」

「ナカヤマチナツさんですね。いつごろのオトモダチで？」

「あは、名前言っていただけばわかります、私も芸能人でいっしょに仕事してたので」

「はあぁ、わかりました」

「私から電話があった、連絡とりたいと」

「わかりました、でナカヤマさまのお電話番号かなにか、教えていただ……」


　こら、コッチも個人情報だぞ！

「あ、私から後日、オタクに電話しますよ、連絡とれたかどうか」

「はい、はい」

「ナン日ぐらいで連絡とれますか？　そのころ電話しますが」

「そうですねえ…一日は置いていただきたいんですが」


　みんなでアッシと呼んでいた渡辺篤史さんとはドラマ『お荷物小荷物』（１９７０年〜72年）で共演した。大阪ＡＢＣ製作だったので、多くの週末を大阪で共に過ごした出演者は、長期だったこともあって級友みたいな仲になった。私に言い寄る５兄弟

(むろん役のうえの話)が、上から河原崎長一郎(長サン)、浜田光夫(浜やん)、林隆三(リュッコ)、渡辺篤史(アッシ)、佐々木剛(タケシ)のめんめんだった。

ドラマが終わってからも、同窓会と称して、スタッフともども集まった。毎年とはいかなかったが、数年に一回ほど、レストランやメンバー宅を会場にわいわいやった。故人が増えるにつれて、開催は間遠になった。リュッコの追悼会を、タケシが経営する飲み屋「バッタもん」で開いた2014年が最後だろう。

「ウチでもう1回やらない?」と浜やんから電話があったのだ。それで、このところ連絡がとれないアッシを追った次第……と書いていたらケータイが。アッシだ!

なんのことはない、前のままの番号でかかってきた。浜やんほかの「電話も通じない」説は、ボケ情報だったらしい。確かめなかった私もボケだが。

アッシ、元気でジイサンになっていた。よかったよかった。

ひょうたん島を知らないスタッフ

２０２０年10月21日

先週の月曜日、東京は渋谷へと外出した。もう、ほんとうにひさしぶり、一年ぶりくらいの外出。

雨続きだったのが、この日の朝は、すかっと晴天。特急「踊り子」の車窓から、光に満ちた風景を楽しみながらゴトゴト都会に向かって、午後には渋谷のＮＨＫにたどり着いた。

はい、ひさびさの芸能活動。「ワンワンパッコロ！キャラともワールド」という子ども番組（BSプレミアム日曜日の朝放送）にゲスト出演。

いいえ、私じゃなくて、『ひょっこりひょうたん島』の博士《ハカセ》が、ドン・ガバチョと一緒に出る。博士と『じゃりン子チエ』のチエちゃん、この二人の声だけは、依頼されたら必ず演ることにしている。

久々のNHK、佇まいは昔のまんま。出入りするひとたちも、いかにもテレビ局に出入りするひとらしい風情で、私もこの一部だったのだな、と感慨深かった。

とはいえ、博士の声を初めて演じた時、1964年4月には、この建物「渋谷のNHK」は無かった。「田村町のNHK」と呼ばれていた、とても古いビルだった。

迎えてくれたスタッフにそう話したら「私たちはもうその局舎を知りませんから」。マスク越しにすまなさそうにそう言った。

彼女から受け取った磁気カードを使って、ガードマンも居並ぶ関所を通る。これは渋谷に移ってからのシステムだ。田村町では出入り自由。万事、いいかげんで心地よかった。お楽しみ番組なんぞは、いい加減な環境で作ったほうが、のびのびとよく出来るのではなかろうか。

　ともあれ、この仕事はのびのびできた。なにしろ制作スタッフがみんな「ひょうたん島」を知らないのだ。むろんＤＶＤは出ているが、あの時代のビデオテープは高価だったので、使い回しされてほとんど残っていない。初期のオリジナルではない。昔、ビデオテープは高価だったので再利用されて残っていないのだ。

　セリフの語尾などが「博士らしくないのだけど？」と申し出たら、「どんどん

わくらば（病葉）

変えて演ってください、ぼくら、わかりませんから」。あはは、昔、106歳の物集高量さんが言っていたのはこれか。「年をとるとよござんすよ。昔のことでウソ言っても平気。だあれもホントを知りませんからね」

むろんウソではなく、できる限り昔の博士の物言いを思い出して、再現した。しかし、いささか物足りなかった。セリフは全部、別どりの抜きどり。コロナ禍のおかげだ。声優を集めることなく、別々にセリフを録って、あとで繋いで会話にする。最近はデジタルなので簡単に繋げる。歌でも、1音の音程を上げたり下げたり、自由自在らしい。

でもナンカ物足りない。歌は伴奏と同録がいいし、セリフは顔見合ってしゃべるのがいいなあ。と言ってもガバチョの藤村有弘さんはもうあの世だ。没後の特番などでは、モノマネの栗田貫一さんが跡を継いで、今回も彼がガバチョ。別どりとあって、会わなかったが、その栗貫さんすら、スタッフによると「だいぶトシを取られまして」。でしょうねえ、彼のガバチョも、もう40年だもの！

お前にゃあ、わかんねえよ

2020年11月2日

健康食品のCMに影響されているのかな、あるいはそういう年齢になったのかな、最近、寿命や元気について考えることが多くなった。

寿命、これは完全に運であって、当人の生き方、努力、健康食品を食う食わない、などとはかかわりない、というのが一応の結論です。

そして元気、これは肉体が健康であるのもさることながら、生きる意欲が旺盛であること、それでこそ、見た目にも元気でいられる。

そこで、元気のお手本は、と世の中を見回してみるに、これがまあ、世界の上層、古い言葉で言えば雲上人に集中しているんですね。たとえばエリザベスさんを始めとする、各国王様の類。はたまたトランプさんを始めとする各国首長の類。彼らには生きる意欲、ヤル気が溢れて見える。実際、長寿で丈夫でもある。

人間としての作りに、彼らと我らと、そう違いがあるとは思わないので、異なるのは生きるうえでのなんらかの条件に違いない。経済的な苦労がない、特上の医療がある、というのがまず彼らの元気の元であるのは確実だろう。

老いてなお、日銭の心配、医療費の心配に追われていたのでは、元気になれない。見た目も侘びしくなろうというもの。

それに加えて、自らの存在意義への自信、これが大きなポイントだろう。王様や大統領やなんかには、定年がない。定年を迎えてがっくりする、ということがない。その上、取り巻きや世間がいろいろ用をもってくる。自らの存在意義を確固と感じずにはいられない。

政治やら伝統やら道化師やらが「私は世の中に必要な人間なのだ」と、よってたかって信じさせてくれる。

いっぽうシモジモは、次の世代を立派に育てて、さて、その子らに会社の椅子やら、食卓の上座やらを譲ってしまったら、あ、世の中に私の席が無い、とガクゼンとすることになる。イノチはあってもどこにも席がない、そぞろ淋しいなあ、となって元気がなくなる。

10年以上前に、友だちが怒っていた。認知症に突入した父上のこと。明け方、

野菊のように……

部屋のドアに何かがガタンとぶつかった。押し開いてみると、父上が廊下にごろりと転がっていた。驚いて「どうしたんだ」と言うと、父上、寝転んだままジロリと見上げて「お前にゃあ、わかんねえよ」。

元々、上から目線の父だった、認知症になってもまだ上からか、と息子は腹を立て、それがまたおかしくて友人一同、大笑いしたものだ。

しかし昨今、考える。父上が何を「わからないよ」と言ったのか。「この淋しさはなんなのか、自分でさえわからないんだ、ましてお前にわかるもんか」の心だったのではなかろうか？

てなわけで、一般シモジモのわれらが老いてもハツラツとあるために、教訓。自分は、誰よりも自分にとって存在意義がある、と信じること。これ、元気の元だけではなく、真理じゃあないかな？

奇っ怪！アメリカ式選挙

2020年11月18日

ニューヨークに長年住んで仕事していた日本人の友人が、えらく驚きまた落胆していたっけ。

「まさかトランプが勝つとは、誰も思ってなかったわよ。みんなびっくりよ。あんな人が大統領なんて、もうジョークよね」

前回の大統領選挙の直後だった。あれからまだ4年しかたっていない。もっとずっと長かったように感じる。それだけ存在感が強烈な大統領だったのだろう。

ウチの先代の親分、いや会長、もとい、首相が仲良くするのを見ると、そぞろ不安になり、はらはらしたものだ。ああ、またドスやらチャカやら買わされるぞ、デイリの手伝いさせられるぞ、と。

米国に住む移民や女性が、バイデンさん当確の報に「4年間の悪夢がやっと終わる」と欣喜雀躍したそうだが、その気持、よくわかる。


それにしてもさすが広大な国だ、3日（日本時間、以下同じ）に始まった開票は延々と続き、8日の朝になってやっと当確が報じられ、バイデン陣営が「勝利宣言」をした。それでまだ開票は続いている。今は9日の朝だが、全選挙人の過半数270人のところ、残り45人まで進んだところで、トランプさんの選挙人獲得数214人、バイデンさん279人、残り全部がトランプ支持だとしても過半数にはおよばない、という計算。

しかし、米国の選挙制度はややこしい。日本と違って州それぞれの独立がかなり保証されているからではあろうが、一般有権者からすると、投票が面倒なうえに完全な死に票になるケースが少なくない。まず､州に「投票者登録」をしなければならない。これが不備だと選挙権はなくなる。

選挙権を得ても、投票する相手は大統領候補ではなく、その州の「選挙人」。つまり有権者は大統領候補への投票を選挙人に委託するわけ。選挙人の数、これは日本の地方選挙に似て、州ごとに異なっている。そして、これがびっくりなんだけど、選挙人のうち最多得票者が、その州の選挙人数を総取りする。つまりある州でトランプ支持の選挙人が最多得票したとすると、その州の選挙人すべての票がトランプに投じられることになるんだって。

感心する。さすがカジノとマフィアのお国。勝者総取りのシステムは、紛れもなくカード博打の真髄でしょう。1票の重さの平等、直接選挙、などという民主主義の理想とは、まったくかけ離れたシステムではないか。

一般有権者は、勝敗を決するサイコロの、そのまたメのようなものだ。表になればば自分の選択は生きるが、裏になれば取られて敵のコマになる。

そりゃどんな選挙制度にも権利の平等に反する仕組みが多少ともあるものだ。多数を抑圧するクソ平等もあれば平等を実現するための不平等もあるからだ。

しかし、アメリカ合州国大統領の選挙制度は、「自由と平等の国」のキャッチフレーズと、あまりにかけ離れているように思うのだが？

医療や薬についての方針

２０２０年12月2日

ほとほと参りました。

28日土曜日早朝、ひどい下痢に襲われてしまったのですよ。

というと、すわコロナか、と疑われるかもしれないが、ご安心を。原因ははっきりしてます。私のオッチョコチョイ。

金曜日の午後、便秘薬を飲んだ。めったに飲まない。できるだけ自力更生に努めている。このごろは一年ばかりも飲まなかったのだが、今回はどうもしつこそうなので気軽に飲んだ。薬戸棚から取り出して。ただし、表示されている量より少なめに。飲む時はそうしている。一度、表示どおりの量を飲んで、ひどい目にあったから。

そうしたら、土曜の明け方から悪質な下痢に襲われた。たいへんビロウな話なので、本紙の品位を保つために詳述は避けるけれども、そりゃもうかつて体験したことのない異常な症状にみまわれた。

そんな私を観察しつつ、薬の箱をしげしげ眺めていたシッカリモノの家人が言った。

「千夏さん、これ使用期限が切れてますよ、2年も前に」

げ！　字が小さいから読まなかった。そうか、それが原因に違いない。てか、なんでそんなのが大事そうに薬戸棚に入っているのだ。

とぼやいてもあとの祭り。薬はコワイ、よくよく注意深く扱わなければ、と改めて思い知ることとなった。

父は薬剤師、うちは薬局、薬剤に囲まれた環境で幼少期を過ごしたからだろう、薬に対して恐れというものがなかった。父の指導に従っていれば、家族はみんな、適切な薬で軽い病気は治すことができた。

芸能人で多忙な時代には、父の知識を会得した母や祖母が山ほど準備してくれる風邪薬や栄養剤を、なんの考えもなしに飲んで、一日の病欠もなく活動していたものだ。

落ち着いて考えられるようになってから、医療や薬についての自分自身の方針が固まった。一口で言えば、なるべく用いない。医療はよほど必要でなければ受

毒あり注意センニンソウ（吉田の沿道で）

けない、薬もよほどのことでなければ飲まない。サプリや栄養剤はもってのほか。

それなのに、薬を使う時の用心を怠るとは！　薬であろうがなかろうが、いつから か知れず戸棚にあるものを気軽に口にしてはいけない、これ常識だろう。思えば、初 めての食べ物を恐れなく受け入れる、という私のタチは、どうやらこの常識の欠如と 連動しているようである。

ともあれ日曜には起き出してまずは白粥、夜はリゾットをおいしくいただき、晩酌 にも復帰し、本調子ではないものの、回復に向かっている。

その月曜の本紙で「伊東でクラスター2例目」「1日に20人、最多」の記事を読んだ。 自分の体調から、よけい感染者が思いやられて、軽くすむことを祈らずにはいられな い。氏名を伏せて感染日や症状を細かく列記した県発表の記事は、まるで戦死者名簿 みたいだ。

これでも県は国のＧｏＴｏ政策を受け入れなければならないのだろうか？

木星と土星が接近すると

２０２０年12月23日

今日（12月21日）と明日の日没後には、南西の空をよおく見よう、と思っている。木星と土星の「超大接近」を見ることができるのだ。

この２つの惑星は、約20年ごとにうんと接近して見えるのだが、特に今期は１６２３年７月以来の超大接近。なんと３９７年ぶりのこと。次にこれほどの接近が見られるのは60年後だ。

と国立天文台のサイトに書いてあった。星にはあまり興味がない。きれいだな、と月や星々のありように感動することはよくあるけれど、わざわざ観察するほどの気はない。

でも次は60年後なのだ。どうがんばっても見られそうにない。さいわい、うちからは南西の空が開けている。苦労なく見られそうだから、見ておこう、と思うわけ。

そこから壮大な宇宙へと考えがいかないのは、私がミミッチイからだろうか。それとも時代が悪いのか。つい考えてしまうのだ。

「木星と土星の大接近。もしかするとこれが新型コロナウイルスを呼んだのかもしれないな。昔から星の動きと災害は関係がある、というから。そういえば、このごろの気候はへんだ。それにここ数日、東伊豆でも体に感じる地震が連発している。新型コロナは収まるどころか、ヨーロッパではそのまた新種が現れたとかで、各国、緊張している し」

なにもかも木星と土星の接近が原因なら、コトは簡単なのだけれど。

まったく今年は新型コロナウイルスに始まり、新型コロナウイルスに牛耳られた年でしたね。そして新型コロナウイルスで暮れようとしている。

この事態の不気味さは、ウイルスそのものにあるのではない。ニュースによる限り、日本を含む全世界の国々がこの伝染病におびやかされている。それなのに、私の周辺には危機を感じさせるものが見当たらない、そのギャップが不気味なの

ほこりだらけの我が双眼鏡

だ。

読者諸姉諸兄の多くも似たようなものだと思うが、知り合いにはこの疫病にかかったひとがいない。もちろん死んだひともいない。唯一の例外は志村けんさんだが、さほど身近な知人ではなかった。医療関係者ではないから疫病の実態を目の当たりにする機会はないし、疫病に収入を左右されるシゴトではなく、おまけに山上暮らしなので、この間もヒマな老人の生活に変化はない。

つまり遠いコトなのである。それなのに情報が多いおかげで、感染しないさせないい意識は旺盛、ちょっとセキが出たりすると、コロナの三文字が蚊のように頭のまわりを飛び回る。

つまり原因不明の不安に取り囲まれている感じなのだ。これぞ社会不安というやつではあるまいか。

それでも年は暮れ新年が始まる。星が決めたわけではない、人間自身が作り出した暦によって。

2021年、春

おせっかいでいい

まったくメデタクない!

2021年1月6日

明けまして! めでたいかたも、めでたくないかたも、あらためましてよろしくおつきあい願います。

オオヤケのご挨拶に「あけましておめでとう」を辞めてから20年になるかしら。いつでもどこでも正月をめでたく迎えるひとばかりではない、とやっと思い至った。それでこの便利なご挨拶をやめにした。

２０１０年の正月は、伊豆一帯を襲った群発地震がようやくおさまったあとだった。後片付けやらまたいつくるかの恐れやらでメデタイどころの騒ぎではなかった。

翌年、２０１１年の正月はおだやかに明けたと思ったら、ほどなく3月11日、フクシマ原発の大事故。その原因になった地震をわずかながら感じもし、わずかながら放射能の余録をいただいた身としては、しんから暗くなった。以後、まったく後始末が進まず、被災者たちの救済もならず、放射能ゴミを作り続ける福島原発一帯が黒いシミとなっている日本に訪れる正月には、毎年はればれメデタイと言えなくなった。

その後も毎年のように各地で地震や台風の被害がある。それでも喉元過ぎればのならいで、ようやく少し明るくなってきたかな、と感じたところへ、なんたることか、前代未聞の疫病がやってきた。

２０２０年は新型コロナウイルスの襲来に始まり、その猛威に世界中が右往左往している間に暮れとなり、ウイルスは鎮まるどころかあちこちで変異したあげく、いっそう強力なウイルスへと変身して、日本でもこれまで最多の感染者、発病者、死者を数える日々のうちに正月を迎えることとなった。

メデタクない。まったくメデタクない。

母や祖母は太平洋戦争のなかで、政府は自分らの生命生活を守ってくれない、と思い知った。だから私らは、自分や我が子の生命をしっかり自分で守り、カネやシゴトも自分で確保しなければならない、と。そんな考えは、戦後生まれの若い私には、意固地なものに思えた。みんなで協力してイイ政府をつくればいいじゃないか。

だがコロナ禍への政府の対策を見ていて思った。母たちがそんな考えを持ったのもまったくムリはない。

そもそもどんな政府も基本的に国家を守るために働くものであって、ひとびとを守りはしないのだ。国家さえ守れれば、国民の何%まで飢えていい、何%まで死んでいい、と考えるものなのだ。そしてその飢えていい、死んでいい国民に、自分を数える官僚や政治家はまずいない。

いやいや絶望してはいけない。だから私たちは奮起して、自分で自分を守ろう。母たちの考えから勇躍踏み出して、自分たちで自分たちの生命生活を守ろう。というより母たちだって小規模ながら、そうやって生き抜いたのだ。母が友人知人の生命生活を気にかけ、口出し手出しすることといったら、おせっかいに近かった。

そうだ、大規模にすることはない、おせっかいの規模でいい。自分たちで自分たちを守るしかない。

ワルガキ大統領

2021年1月13日

ヨッチンと呼ばれる子役とテレビドラマで共演していたことがある。市川好郎といって、当時の私より1学年上の中学生だった。

これがもう絵に描いたようなワルガキだった。「天才子役」の評判をほしいいままにしていた時期だったこともあって、同僚の子役にはパワハラ、それが女子ならセクハラをふるい、オトナにはしょっちゅう追いかけ回され、時にはなぐられて泣いたりしていた。

当然ながら鼻っ柱の強い少女の私には、恐ろしくも腹立たしい敵であって、本気でよく喧嘩しては、母に叱られたものだ。

今はもういない。40代半ばで病死した。それを聞いた時には淋しかった。私も年をとり、余裕を持って彼を見ることができるようになっていた。そうしてみると、彼にもカワイらしいところ、同情すべきところが見えてきたのだ。

最近、またヨッチンを思い出した。ドナルド・トランプさんを見ていて、こりゃたぶんヨッチンみたいな男だ、と思ったからだ。

ヨッチン的ワルガキ。それがとんとん拍子に出世して、アメリカ合州国のトップになった。「天才子役」どころではない、世界のナンバーワンなのだ。ヨッチン的男だったら、さぞかし限りない万能感に満たされたことだろう。

そうでなければ、人種差別や障害差別で敵をからかうこと、それを隠すどころか公衆の面前マスコミのまっただなかでやってみせることなどできるはずがない。ワルガキには、ひとの痛みに配慮するセンスが欠けている。もしくは人間関係に、個々の力関係を加味して配慮する教養に欠けている。一口に言えば傍若無人。

遠く離れた東洋の片隅にまで、そんな所業が伝わってくるのだから、近くの人たち、特に女子や権力のない男子にはさぞかし腹立たしい存在だったろう。

でもたぶん、カワイイところもきっとある。オトナの眼で見ればヨッチンにもカワイイところが見えたように。ワルガキは自分に禍がかからない場所から見れば、カワイクも楽しくもあるものだから。

オレが一番!

当人もそれをよく知っている。ヨッチンは甘え上手でもあった。

そうでなければ、いくらカネをばらまいても、取り巻きも票もついてこないだろう。カワイイところがあるし、付き合っていればそこそこトクもあるから、ワルガキは爪弾きにされないのだ。オトナにとってヨッチンはいいドラマを作るのに欠かせない子役だった。そのトクがある間は、オトナたちはヨッチンのワルサに耐えた。

しかし子役ならともかく、大統領、しかもアメリカ大統領がワルガキでは世界が困る。トランプさんはネットのSNSを駆使して、ひとを動かすのが大好きだったそうだ。いよいよ大統領の椅子が危うくなった時、彼は暗に暴動を扇動し、呼応した暴徒が議会に乱入して5人もの死者が出た。それでさすがに大手のSNSはトランプさんをネットから追い出す決断をした。こんなひとが核爆弾のスイッチを握っていたのかと思うと、あな恐ろしや。

「正義」で乱暴

２０２１年２月３日

友だち、知り合い、家族親族に警察官と判事はいない。それなのに、いやに親しい気がするのは彼らを主役にしたテレビドラマをたくさん見てきたからだ。

裁判官は少ないけれども、警察官は数え切れないほど知っている。長野県警の竹村警部、警視庁の杉下右京警部、捜査一課長の大岩警視正、それに警察官の不正を取り調べる監察官や各地の科捜研で働く鑑識さん、果ては経理部に勤務するサラリーマン刑事こと竹富さんまで、知り合いの多いこと多いこと。

なにしろロサンゼルス市警の警部コロンボとまで親しいのだから、我ながら呆れる。

ところで、コロンボさんと、私が知る日本の多くの警察官（むろんドラマの）とでは、目立って違うところがある。日本の多くの警察官は「犯人」によく説教をする。けれどもコロンボさんが人殺しを白状したひとに向かって、説教をする場面は見たことがない。するのは「うちのカミサン」の話ばかりだ。

また日本の警察官や判事（むろんドラマの）は、「正義」について大いに悩むことが多い。職務上、「正義」に反することをしなければならない時など、悩みに悩んで泣いたりする。

コロンボは違う。犯人に対しても、人間らしい感情はおおいに持っているのだが、関心はもっぱらメボシをつけた人物を「犯人」と立証すること。そのために有無を言わせぬ確かな証拠を集め、「犯人」に突きつけ、自白させること。そのふたつに全力を注ぐ。ドラマの大半の時間がそれだ。

その時、「正義」なんか眼中にない。物証と自白を得るためには、詐欺やコソ泥に近いことまでする。ただし暴力は絶対にふるわない。アメリカなのに拳銃を持たず警察の定例の射撃訓練もしないので担当からよく怒られている。

いっぽう日本の警察官たちは、詐欺やコソ泥はほとんどしないかわり、「正義」によってよく容疑者や犯人に乱暴する。

この違い、案外、現実にあるのではないかしらん。

先月の29日、伊豆新聞(伊東版)のトップ記事は〈干物店強殺・肥田被告の死刑確定へ・最高裁上告棄却「犯人と認定、相当」〉だった。事件は2012年の伊東市で起きた。干物店の経営者と従業員の遺体が、業務用冷凍庫の中で発見された。

伊東市民のひとりとして、衝撃を受けると同時に、逮捕、起訴され一審で有罪となった「被告」について、何ら物的証拠は無く、自白どころか否認している、というのにびっくりしたものだ。

そういう警察検察がわの判断が今年先月の最高裁でも維持された。そこにコロンボがいたら、こうはならなかった。たぶん正義観の肥大したひとたちが、このような凶悪な犯罪は、どうしても「犯人」を挙げて厳罰に処さなければ、との思いで判断した結果だろう。

しかしこの「正義」はマズイ。確たる物証も自白もなく、ひとを犯人と定め、しかも死刑にしていいのは神様だけだろうに。

男の会議から女の会議へ

2021年2月10日

まず主なメンバーが議題を決め、議論から結論、採決まで会議の大筋を決める。これをネマワシという。

会議はネマワシに沿って、議長役の采配で進行する。発言者も発言内容もおのずと限られ、その線を外れた発言は、フキソクハツゲンなどといって禁じられる。禁じられなくとも、会議に慣れた優良な参加者は、流れの邪魔になるような発言はしない。

それが会議というものだ。かつての私はそう思っていた。なんの疑問も感じずに。国会や、参加したことはないけれども株主総会の会議やいろいろな組織の運営にかかわる会議は、みんなそんなふうだと聞いていたからだ。

ところがある時はたと気がついた。「あれは男の会議だった!」。

ウーマンリブと呼ばれた女性解放運動の小さなグループに参加して、その会議を経験したからだ。それは、いわば不規則発言の連続だった。むろんネマワシはなく、進行役、まとめ役もしかと決まってはいない。結論がどうなるか、誰も知らない。話はあちこちへ飛ぶ。それでもいつしか結論が出る。

当初の私はおおいに戸惑ったものだ。もっとスムーズにいかないかなあ、これでは時間がかかってしょうがない。

ところが、2回3回と経験するうちに気がついたのだ。確かに時間はかかる。けれどもこの会議は、無口なひとや口下手なひとや弱気なひとを置いてきぼりにしない。

無駄口や冗談も飛び交ううちに、全員の意見を検討し、思いがけない良案が出たりして結論にたどり着く。あるいは結論を先に送る。

会議が話し合いを意味するならば、これが本当の会議だろう。そして女ばかりだからこそ可能な女の会議だ。なにしろ女には井戸端会議の伝統があるのだから。

女ばかりの会議を経験して、やっと私はそう気がついた。思えば、それまで私が参加した会議は、市民運動のそれであっても8割がたは男であった。そして男たちは間違いなく、闘争的な男の感覚で会議の伝統を築いてきた。

大は国政から小は家政まで、あらゆる政治の中心から女を除外する、という世界的な流れの中で、そんな男の会議は作りあげられ、真の会議として固まったのだろう。女たちは時々、辛抱たまらなくなると井戸端会議で話し合い、井戸端から飛び出して、男の会議に口出ししてきたわけだ。

今、そのことへの反省が、あらゆる会議での女の比率を少なくとも40%にする、という国連の方針となったに違いない。そこにはすぐに戦争へとなだれる男の会議への反省があるだろう。であれば、ただ女の割合を増やしても意味がないのだ。会議そのものの質を女の会議へ、つまり真の話し合いへと変えなければ。

だから、ねえ、男らしい森喜朗さん、少々会議の能率は落ちても理事会に女を増やしましょうよ。もっともオリンピックが国家の戦いと化している今、会議への少々の女の増員が、平和をもたらす望みはないでしょうがね。

10年後の「余震」

2021年2月17日

ゆさっときた。揺れは強くなりながら続く。不気味がつのる。わ、10年前と同じだ、こりゃまた福島あたりで大きいのが始まったな、と思う。でもさほど強い揺れにはならずに、おさまった。

2月13日土曜日、夜遅くのこと。伊豆のみなさんは似たような経験をされたのではないかしら。

ニュースを見る。案の定、震源は10年前と同じ、福島県沖。震度はそれよりやや弱く、最大だった地域（宮城県と福島県の5市町）で震度6強だったそう。10年前のは最大震度7だった。はて6強と7でどのくらい違うのか？

それはともかく友だちが気になった。東京で仕事をしていたのだが、定年退職のあとクニに戻った。それが宮城県の亘理町。

とりあえずケータイに掛ける。留守電になっていたので、ひとこと見舞いを残して切った。ほどなく短いメールが届いた。

〈ありがとうございます！　怖くて震えがとまらない。〉

伊東沖、手石島ふきんの海底が噴火した地震（１９８９年）の経験から、たぶん家の中はめちゃくちゃで余震もあるのだろう、怖がりの彼女、メールどころじゃあるまい、と思う。後に来た長いメールで、想像通りだったと知った。

ところで、私たち、地震用語にかなり強くなったんじゃないですか？　地震のニュースがよくあるオカゲで。

「震源」に「マグニチュード」に「震度」。くわしいことは知らないけれど、ざっと言って震源は地震の原因となる地殻変動が起きた場所。マグニチュードは地殻変動のエネルギーを表す数値。震度は揺れの強さを数値で表すもの。そしてもうひとつ、今日、15日になっても亘理の友だちがふるえあがっているに違いない「余震」。

余震については、今回、驚くことがあった。「この地震は10年前の東日本大震災の余震だ」といくつかのニュースで聞い

種芋も地震除け祈願

たのだ。余震とは大きな地震のあと何日間か続く中小規模の揺れのこと、みたいに思っていた。それが10年後の揺れも余震というなんて。

調べてみてなんとか理解した。揺られてあたふたする人間を中心に考えるとわからない。科学的な脳においては、中心は地殻変動なのだ。地震の原因となる地殻変動の場所が同じなら、同じ地震とみなし、あとから起きた地震を余震という。だから10年前であろうが、おそらく100年前であろうが、まず起きたのが本震、それと同じ地殻変動によって起きたのを余震と呼ぶらしい。

よって、余震は揺れの大きさとは関係ない。ところがシロウトは余震と聞くと軽く感じて防災を怠る。だから気象庁は防災の観点から余震という表現はやめる、と決めたそうだ（2016年）。

それならなぜ今回、余震という表現が？　10年前の地震よりは軽い、という印象をわれらに持たせたいだれかの意向が働いたのだろうか？　いずれにせよ、地殻変動も天候も、原子力も、人間の手に負えないことだけは間違いない。

花と人間の不思議な関係

2021年3月3日

いい季節になりました、私にとっては。上岡龍太郎さんのようなひとにとっては、どうということもないのかもしれない。

昔、シゴトでいっしょに春のやまと路を歩いた。沿道の草花にいちいち感動し、興奮して名を呼ぶ私を見て言ったのだ。

「よう知ってはりまんなあ！　私ら、どれ見てもハナ。それだけ。ハナ、ハナ、ハナ、どれもハナ」

花を愛でないひとは、どうも男性に多いようだ。その原因は、男性と女性の進化の違いにあるのだろう、たぶん。

太古の爬虫類や鳥類は、赤・緑・青・紫外線の4色それぞれを感じる4つの細胞を持っていたそうだ(以下しばらく、すべて「そうだ」が付くが、省略!)。爬虫類と共通の祖先から進化したわれら哺乳類も、最初はこの4つの細胞を持っていた。ところが夜行性の生活を続けるうちに、2つを失い、しばらくするとまた3つになり、とややこしい進化を経て、まずメスが赤・緑・青の3色を感知するようになった。そしてオスもまた私たちと同じく3色を感知するようになった……そうだ。

性によるこの違いは、べつにメスがエライわけではない。色を感じる細胞とその働きが、雌雄を決める性染色体と関連しているから。色覚異常とその遺伝に、女性と男性で違いがあるのも、そのためだ。

それにしてもひとにとって花が美しいのは、なぜなのか? ある説によると、なんたることとか、それは美味そうだからだ、ということになる！

　われらの祖先は、アフリカの森の上を渡り歩いて暮らしていた時期があった。その時、木の実だけでなく、花も食べた。葉や枝のなかにある花を探して食べた。それで、ほかの哺乳類よりも一段と色彩感覚が発達した、のだそうな。

　あ、美味そうなのがある、という喜びが、人間独自の美意識なるものの誕生となり、花と出会うたびに私の心が弾むことへと、発展したのかもしれない。

　しかし？？？　リンゴやミカンやビワ

真っ赤な花を庭でチョキン

の実も、花なみに色鮮やかで美しく、ひとの目につく。木の実にはそのメリットがある。ひと目を引いて食ってもらえば、タネまきの助けになるからだ。

同じように花は、昆虫の気を引くように進化してきた。ハチなどは、われわれより感じる色の数が少ない。そんな昆虫の目で見ると、どんな花も、濃淡の模様があるだけで、それが雄しべ雌しべがある中央に注目を集めるカタチになっている。それと蜜の香りとが昆虫にアピールして、受粉の手伝いをすることになる。つまり、花は昆虫を集めるように進化してきた。

しかし、花はなぜ人間の目をひくような色カタチに進化してきたのかしらん？　花にとってどんなメリットがあるのだろう？

われらの祖先にはただ食われてしまうだけ。私たちについては、ただその美意識を刺激するだけ。食われはしなくても、チョキンと切られて花瓶に活けられるだけ。考えれば考えるほど、花々は謎めいて、一段と美しい。

3月8日は国際女性デー

2021年3月10日

顔を洗ってパソコンを点ける。ブラウザを開いて、NHKのラジオ体操、今はテレビ体操「第1」の画面を出す。ネットから採って保存してあるのだ。ピアノが流れ出す。ピチピチした女子が5人、レオタード姿で待機している。真ん中のひとりは椅子にかけている。昔はなかった高齢者向けバージョンだ。私はまだ頑張って椅子を離れ、家具がないあたりに陣取る。男子の明るい声が言う。「のびのびと背伸びの運動から」。

少なくともここ数ヶ月は続いている朝の日課だ。よくしたもので、最初、あれこれとふらついていたのが、ふらつかないコツを会得した。関節もあまり音を立てなくなった。動きながら、その日の体調の良し悪しを測る。考えるともなくいろいろ思う。

今日は月曜か、「ただいま雑記」原稿締め切り日だな。書きたいことはいろいろあるけど、ニュース解説にはならないようにしなきゃ。解説するほどの知見はないし、そういう記事はマスコミに溢れているもの。文芸人を目指す私としては、いろいろな意味で私にしか書けないものを書きたい。

テーブルの上に置かれた新聞の見出しが目に入る。〈女性不況　世界で〉〈日本深刻家事負担と職種に偏り〉（朝日）

このごろ強く感じていたのだ。女の地位やらセクハラやらがよく問題になり、女のエライさんが増えたわりには、女一般の状況がよくないようだ。ニュースでもドラマでもＣＭでも、われらが若い頃に比べて、粗暴な女、ケンツクした女はよく見かけるが、ハツラツと爽やかに自分を生きる女は見かけない。女の状況は、よくない時代なのではないか、と思っていた。

それにしても最近、〈女性不況〉がよくマスコミの話題になっているな。どうしてなんだろ?

あ、そうか! 今日3月8日は「国際女性デー」だった。その関連に違いない。原爆の日がくると関連のニュースが出るのと同じだ。1975年、国連がこの日を決めた。起源は1904年、イギリスで起こった参政権を求める女たちのデモの日だ。この制定をキッカケに米国で英国で欧州で果敢な「女性解放運動」が巻き起こり、日本にも引火して、私も嬉し

あの時代「ホーキ星」の仲間と(2017年)

く巻き込まれることになったのだった。

1980年参院選に出ちゃったのもその勢い。婦人議員連盟の一員として、1985年、ナイロビで開かれた世界婦人会議にも参加した。といっても、1人1派、みなさんのご厚意で加えてもらっただけ、資金も自前だったけどね。

あのころは「ジェンダー」なんてシャレたコトバは普及していなかった。でも世界中が「女は男と同等な人間なんだ！」という気づきに燃えていたように思う。志を共にする女友だちも、あの時代にたくさんできた。さて、深く吸って〜吐いて〜

「テレビ体操、このへんで。今日も一日元気でお過ごしください」

はい！ ん？ しかしどうして体操するのは女、指揮する声は男なんだ？

スイスのステキなシステム

２０２１年３月14日

スイスという国はとても魅力的だ。自然ももちろんステキだけれど、仕組みが私の好みに合う。

といっても、１９８０年代に一度旅行したことがあるだけで、スイス人の友だちもスイスに住む友だちもいない。だからご近所の一家を遠くから見て、おお、いい家族だな、と思っているようなものなんだけど。

スイスには、大統領とか首相とか国家主席とか天皇とか女王とか、突出してあがめ奉るべき存在が無い。むろん立法機関（連邦議会）はあるけれども、突出して政治権力を持つ役職が無い。

憲法改正はもちろんのこと、ほかの法改正もほとんど国民投票で決める。そればかりか、ズブの国民が憲法改正を発議することもできる。ほかの多くの国と違って、スイス人は国民の良識を心底信じ、その判断を尊重しているのだ。

だからだろう、国民の安全についての政策は徹底しやすい。未だに非戦を貫いている。国民皆兵で出兵もするが、海外では戦闘しない。守りにはうんと力を入れていて、いざとなったら全国民が避難できるシェルターやら、全国民が銃をとって防衛できるシステムを用意している。

そのかわり、みんなの意見を尊重しているぶんだけ、小回りはきかないみたいだ。昔、各国で女性参政権が成立した時期を知った時、驚いた。西欧諸国はもちろん日本に較べてもスイスは異常に遅い。１９７１年になってやっと成立した。ジンケン意識が遅れているのかしら、くらいに思っていたのだが、よく考えると、違う。

日本でも、国民投票で決めていたら、もっとずっと遅れていただろう。男上位、男指導の伝統は西欧にも増してひとびとの意識に深く根を張っているのだから。今日の日本だって、もし国民投票にかけたとしたら、投票権はまだしも、女が立候補する権利なんぞは、危ないものではなかろうか。

遅れたぶんの年数は、女性参政権に賛成の国民が増えるのにかかった時間だったに違いない。

それだけに一度決まればその根は揺るがないだろう。総理大臣が、大統領が、議会が、内閣が決めれば話は早いけれども、ひとびとの性根が変わらない限り、根本から変わることはない。日本がそうであるように。

スイスのこのシステムに不可欠なのは、国民ひとりひとりの「私がこの国を作っている」という自覚だろう。それを養うのは無闇な愛国教育ではなく、子ども時代からの徹底した民主主義教育と、長じてからの充分で正しい情報が不可欠だろう。

スイスにも4基の原発がある。1982年から84年にかけて建設された（1基は2019年に稼働停止）。私に言わせればこの間のスイス人は情報不足だったに違いない。福島原発事故を知ってのちの2017年、彼らは段階的な脱原発を決めた。もちろん国民投票で。

今後どうなるかは無論わからない。ただ同じ地獄に落ちるなら、トップの決断によるよりも、ワレワレみんなの決断によるほうがいい、という気がするのだが。

ひとのコトバ

2021年3月24日

簡単な会話ができる人工知能ってのがありますね。

5年前の話になるが、あれをマイクロソフトが新作したそうな。会話すればするほどおしゃべりを学習する、という機能がミソだった。そこで、Tayという名前の若い女、という設定で、彼女をツイッターに登場させた。ところが、たった一日ほどで退場することとなった。

理由は、人間たちと会話しだして間もなく、彼女はいわゆる「ヘイト」な言い草やエッチな言い草をマスターし、喋りちらし、ネットに巣食う不良たちを喜ばせ、善良な市民を驚愕させたそうな。それでマイクロソフトは早々に彼女を引っ込め謝罪したとか。

はてさて、なぜに彼女は悪口雑言ばかり口走ったのか？　マイクロソフトは原因を明らかにしていない。私も想像さえできない。

でも、かねてより、人工知能にとって最も難しいのは会話だろう、とは思っている。というか、人工知能に簡単に会話をマスターされるわけにはいかない、と思うのだ。

会話（手話や手紙もふくむ）とは、コトバを発しまた受け取るものだ。ところでこのコトバというものは、ひとりひとりの人間そのものと言っていい。赤ん坊の間も、コトバにならないコトバを人間は抱えている。それをコトバにする技術を習得すると、ひとは会話するようになる。

その生まれながらに抱えているコトバにならないコトバと、習得したコトバの間には、多少とも溝がある。その溝を抱えながらコトバを交わすのが、人間の会話ではなかろうか。簡単に言うと、ま、人間は割り切れない、曖昧な会話しかできないってこと。曖昧さを抱えた存在、それが人間、ということだろう。

だから、私たちにとってコトバは手段ではない。いやカネ儲けやダマシの手段に使われることもあるけれど、コトバの本来は手段ではない。それぞれが抱えているコトバにならないコトバの表れ、つまりそのひとそのものなのだ。

ところがコンピュータの頭脳、すなわち人工知能は違う。

聞くところによるとコンピュータの頭脳は、0と1とだけからできており、入力されたものを判別するにも、これは0か1か、0と1とがどう並んでいるか、で見極め反応するものらしい。実に単純、はっきりしている。人間とは大違い、曖昧さとは程遠いのが人工知能であり人工知能のコトバなのだ。

人工知能のコトバは、人間の場合と違って、人工知能そのものの現れではない。手段に過ぎない。何事かを表示する、または伝達する手段であって、それ以上でも以下でもない。コトバを習得するのも、0か1か、だけである。そして、ある言い草がどのくらい差別的で不公平なものか、どんなにひとを傷つけるものか、などの判断は、01アタマが一番苦手なものだろう。だから例の人工知能も、呆れた悪口雑言を平気で覚えて発したのかもしれない。

してみると、ヘイトスピーチする人間は、人工知能なみの01アタマなのかしらん?

商売のかたわら便秘に悩む？

2021年4月7日

漫然とつけていたテレビから、奇妙な言い回しが聞こえてきた。

あ、テレビはBSです。無料の。毎度、申して恐縮ですが、うちに地デジは届きません。アンテナの高さが足りないそうで。アンテナを高くする工事は自費、と聞いて、地デジとは縁を切ることにした。私が地デジとやらを望んだわけではない。勝手に地デジに切り替えておいて、けしからん！

カラーの普及ははるかに穏便だった。テレビ局がカラー番組を発信しても、モノクロ受像機でも見ることができたのだから。いつからかなんでもどんどん売る側の都合で変えさせられて、費用ばかり負担させられる。電話もしかり。電波関係は特にその傾向が強い。

おっと、脱線、軌道修正。

さて、みなさんはこの言葉、どんなふうにお使いですか？

「かたわら」。漢字なら「傍ら」。

そもそも今時、日常的に口にする言葉ではなかろう。私は書き言葉としても滅多に使わないし、喋るのにはなおさら使わない。

そんな言葉を気軽な作りのＣＭが使っているので、まず奇異な感じがした。立ち働く元気そうな女のひとやその家族を写しながら、男声のナレーションが言う。

「居酒屋を営むかたわら、便秘に悩む○○さん……」

ね！　ヘンでしょ？

悩むのは精神のはたらきである。精神は商売していようがなにしていようが、つねに働いているものである。ところで「路傍の石」と言うように、「傍ら」は道筋のちょっと外れた場所や、なにかの隣を表す言葉だ。だから仕事や商売のかたわら、と言えば、本業と並んでいるコト、もしくは本業から外れているコトを指す。いっぽう精神の働きは、それはそれでひとつの路なので、仕事のかたわらには置けない。「仕事のかたわら恋に悩む」がヘンであるなら、「仕事のかたわら便秘に悩む」もおおいにヘンなのだ。

「居酒屋を営む○○さんは便秘に悩んでいる」ならヘンではない。しかし、「商売のかたわら便秘に悩む」は、正しさにあまりこだわらない私でさえ、ギョっとする。

たぶん、こんな間違った言い回しがまかり通った次第はこうだろう。ＣＭ作者が力を入れたのは、便秘の不快を強調すること、そして薬品ではないこの商品を、よく効く薬として印象づけること、薬事法なんかに抵触しないぎりぎりの線で宣伝すること、だった。関係者一同、それ以外はほとんど気にしなかった。かくして、○○さんは居酒屋を営むかたわら便秘に悩むこととなった。

言葉は間違いでもなんでも大多数が使えばそれが正しいことになる。そうやって今の「正しい」日本語もできた。それでいい。

ただしＣＭの言葉は自然な言葉ではない。しばしばそれは売らんかな精神の言葉だ。それでも電波の力をもってして、今に「仕事のかたわら便秘に悩む」が正しい言い回しとなるかもしれない。でも、はたしてそれは大多数に支持されたという意味での「正しい」言葉と言えるだろうか？

芸人の緊急事態宣言

2021年4月28日

ただいま緊急事態宣言まっただなか！　と言ってもわが静岡県伊東市は関係ないか。

しかし、そんなことウイルスは聞く耳持たない。感染できる条件があれば、宣言区域であろうがなかろうが、どこでも乗り込んで活躍する。当地はコロナくんお気に入りの東京都に近く、観光地でもあるので、油断できない。

いや、私はただ落ち着かないだけだけれど、あのお店屋さん、この料理屋さんは経営がタイヘンだろう、あの職人さん、この配達員さんもさぞかし暮らしがキツイだろう、どうかご無事で乗り切ってください、と祈るのみ。

そうだ、思い出した、コロナくんのおかげで私もひとつシゴトを失ったのだった。「芸人9条の会」というのがある。知識人が発起人に名を連ねる「9条の会」というのもあって、この会とは、ただ発起人の何人か、すでに故人の何人かが友人知人であるだけで、関係してはいない。「芸人9条の会」のほうはレッキとしたメンバーである。言い出しっぺの噺家・古今亭菊千代さんに誘われて参加した。菊千代さんは伊豆でも定期的に落語会を開いたりしてきたので、ご存知の読者もいらっしゃるだろう。「女の落語、いけるぞ」と初めて私に思わせた頼もしいお姐さんだ。彼女が主に会を取り仕切っている。

大阪の世話役は「浪速の歌う巨人」ことパギやん、チョウ・パギ。彼もまた伊東に来たことがある。寄席芸や映画の生字引、フォーク歌手、時々バイトで進学塾の英語教師、労働運動家、大酒飲み、と多種多芸でオモロイやっちゃ。

　今年はパギやん仕切りで「芸人9条の会　第12回公演」を開くことが去年から決まっていた。チラシによると出演は中山千夏、笑福亭竹林、オオタスセリ、パギやん、松元ヒロ、おしどり、桂文福、露の新治、ゲストにナオユキ、ちんどん通信社。みんな何度か共演した楽しい芸人仲間。

　寄席の世界は芸歴の長さが尊ばれるので、エッヘン、私が連名のトップなのだ。とはいえさしたる芸もなし、文芸は寄席

中止を余儀なくされた芸人仲間たちとの催し

で披露しにくいし、毎回ダシモノには苦労する。でも楽しみ。

ところが今回、開催日が5月1日、会場が大阪、東成区民センター大ホールだったのだ。

まず私がコケた。この時期、大阪へ出かけて無事に戻る自信がなくなった。3月の末、パギやんにメールして、休演させてもらうことにした。その後、大阪はさらなるコロナ攻勢にみまわれ、ついにパギやんらも残念無念、中止を決めたのだった。

今、芸人仲間の多くはシゴトを失い食うに困っているはずだ。好きなことやって食おうという了見がそもそも甘い、と言われればそれまでだが、芸が飢え死んでしまったら、さぞ世は暗くなるだろう。

その理由で、落語協会と落語芸術協会は、国の休業要請を蹴り、都内4つの寄席の営業継続を決めたという。しかし客の入り、そして個々の芸人の暮らしを保証する手立てはない。

2021年、夏

オリンピックと戦争

接種しなくていい理由

2021年5月12日

「あなた、東京はたいへんなことになってるわよ」

開口一番、友だちがそう言う。私より3年先に生まれて、ずっと東京に住んでいる。そうみたいね、報道では見ているけど、実感ないのよ、ずっと山にこもっているから、で、どんなふうなの?

電話の向こうで彼女が語ったところによると、まず、シゴトがない。少し前までは、キャンセル続きだったシゴトだが、今や「キャンセルするシゴトがない。あはははは」

彼女はけっこう名のある芸能人で、若い頃ほどではないが、テレビにステージにと働き続けてきた。芸能人仲間の苦渋をいっとき話してから、話題は医療に移った。

彼女は老母を抱えている。自宅介護で、1週間に10人の医師や介護士が通ってくる。彼らがいない間は、彼女自身が、親戚のオバサンの手を借りて介護する。

昨日、医師が来た時、コロナのワクチン接種をどうしたらいいか訪ねたそうだ。医師の答は「お母様には必要ないでしょう。ずっと自宅におられますし、外部のひととの接触もありませんから」

それになんでもワクチン接種は、5、6人まとめて行うので、自宅診療のついでに、というわけにはいかないらしい。時に外出もする、介護もする自分はどうなのか？尋ねてみた。

「私は受けたほうがいいですか？」

するとと医師はこう答えたそうだ。

「あなたには、受けなくていい理由が見つかりませんね」

なんと深いコトバなのだろう！　私は感動してしまった。

それからもしばらく彼女と話したが、このコトバが一番印象深かった。


これはこの医師だけのコトバではあるまい。今、医療従事者は、ひとびとが抗コロナワクチンを「接種しなくていい理由」を求めているのだ。なぜなら、医療従事者の多くがワクチン接種を受けられずにいる。そのまま医療にたずさわるのはあまりにリスクが大きい。それに筑波大の研究グループが3月末に出した試算によると、今から接種しても第4波の大流行を抑えるのには間に合わず、5月中頃には感染者が激増する。実際、今やその傾向になっている。その対応で手一杯。ワクチン接種など予防のシゴトは優先できない。

医療関係者は今、悲鳴をあげている。そんな時にオリンピック選手の「スポーツ医療」にボランティアで参加せよ、とは！　応募数、予定の半分、さもありなん。

だからさ、オリンピックは中止しましょうよ。選手が気の毒、という意見はもっともだが、芸人や個人商店だって気の毒だ。この際、選手も観戦好きもがまんして、国内大会を楽しんだらどうですか、今の緊急規定どおり5000人以下の観客で、作っちゃった施設使って。名前は「スポーツいろいろ国内大会」かなんかで。

それはともかく件の友だち、ワクチン接種することにした。ところが申込みの電話、何回かけても、まったく繋がらないんだって。

好きではないが、やらねばならぬ

2021年5月19日

戦争、大キライ。

大好き、というひとには会ったことがないし、そんなひと居ない、と思う。なのになぜ戦争はなくならないのか？　若いころは不思議だった。今は少し知恵がついてわかった。

「好きではないが、やらねばならぬ」というひとがいるのだ。軍隊、兵器産業、知識層、そして政府に。どこの国でも彼らの数は、戦争キライ派よりずっと少ない。少ないが絶大な政治力と財力を握っている。だから世界は戦争だらけ。

我が国なんかも非戦非軍備の憲法をものともせず、戦争のほうへ傾いている。これ、「好きではないが、やらねばならぬ」少数派の力。

そんなふうに考えていたところへフクシマ原発事故が起きた。多くのひとたち同様、私も原発大キライになった。少なくとも廃棄物処理の方法が確立し、火力や水力発電なみの安全が保証されるまで、原発はやめたい。

世界中でそう考えるひとが増え、原発をやめる国も現れた。ところがどうしてもやめない国がいくつかある。我が国のように。事情は戦争と同じ、「好きではないが、やらねばならぬ」というひとがいるのだ。電力会社、原発産業、科学者、そして政府に。彼らは少数だが、大きな政治力と財力を持ち、原発をムリにも保持しようとしている。原発キライになった大多数が悪夢を忘れるのを待って、原発は息を吹き返す。戦争がそうであるように。

戦争と原発は、大多数がやめたいのにやめられない。それは数は少ないけれども、大きな力を持っているひとたちがやめようとしないからだ。そして大多数のほうは、戦争と原発をやめることのできる力を持っていないからだ。


ところで昨今、もうひとつ似たものを見つけた。ほかでもない、オリンピックだ。〈東京オリンピックの開始まで約2か月となり、パンデミックを前に開催を中止するよう求める声は日に日に高まっている。ではなぜ日本政府は、中止について何も言わないのか〉と追及する海外メディアの記事（BBCニュース、5月15日）を読んだ。それで、オリンピックも戦争や原発と事情は同じだとわかった。

この場合、最大の力持ちはIOC。私みたいな契約音痴は想像もしなかったことだが、オリンピックは「開催都市契約」という長々しい契約書の上にある。今回で言えばIOCと東京都とJOCの三者が、式次第や報道やいろんな負担や収入について事細かに取り決め契約したものだ。それによると、ＩＯＣだけが契約解除すなわち「中止」を決する権利を持っている。

だから都も政府も「中止」を口にできないでいる。それは契約違反となって、一般の契約違反同様、多大な経済的損失を負う結果になるからだ。

結局、コロナ禍をものともせず大会を開きたいスポーツ好きが大勢いるわけではない。「好きではないが、やらねばならぬ」少数が多大な力を持っているから中止できない。つまりオリンピックは戦争や原発と同じなのだ。

パスワードを忘れちゃった

2021年6月16日

いやはや、えらい目にあった。

パソコン関係の話なんですけどね、その方面にはそっぽ向いてるご同輩にも、愚痴をきいてもらいたいので、わかるように努力して話してみます。その方面に詳しいかたがたにはカッタルイでしょうが、ご勘弁を。

パソコン始めてよかった、と思う最大の点は、なにかウマクいかないと、まず自分を疑うようになったこと。以前は、自分を疑うのは最後の最後だった。道具が壊れたんじゃないか、いやあのひとが悪いんじゃないか、って調子で。

ところが、パソコン類が相手だと、それではなにも解決しない。こちらがなんらかの手を打つまで、パソ君はただ「できません」を繰り返すだけなのだ。仕方なくいろいろ調べたり工夫したりする。そうすると、10回のうち9回はパソ君のせいではなく、私のミスだったとわかる。おかげで私はずいぶん謙虚になった。

だが、今回だけは私は悪くないぞ！　いや、やっぱり悪いか。パスワードを忘れちゃったんだから。しかし基本的に、このパスワードの類いたるや実に頑固というか身勝手というか。パソコン世界の戸口という戸口に仕掛けられていて、ひらけゴマの呪文と同じ、忘れたら金輪際、その扉は開かない。人間の門番と違って融通も袖の下も一切きかない。それに鍵なら失くさないよう気をつけるだけでいいが、呪文は記憶しておかなければならない。そればかりか、時には呪文と共に登録させられた個人情報なども書かされることがあるので、覚えるの大変。おまけに使用に当たっては、一字一句間違えてはならないのだ。

そこで私の対策は、呪文を減らすこと。つまり扉の主から、どうしても呪文を作れ、と強要される場合しか、作成、登録しない。次に登録した呪文とその関係情報をあのテこのテでしかと記録する。

それでも今回みたいに、長年使っていない呪文では、記憶も記録も見当たらない、という事件がおこる。対策を検討したところ、この場合、新しい呪文を登録しなおすのが一番早い、それなら、たちまち解決、と踏んだのは甘かった。

「字が違う」「そのアドレスは使えない」

謙虚に踊るハルジオン

「情報漏れがある」などなどさんざんやられた。その都度、謙虚に工夫して、なんとか認めていただいたところ、「処理中に不都合が生じました。しばらくしてからやりなおしてください」だって！

これを何度も繰り返し、登録完了となるまで、まる二日かかった。結局、私が悪いのを1とすれば、いろいろ難癖つけたのも含めて、先方の処理の悪さが10だった、としか考えられない。しかもこのパスワードは、私を守るというよりは、相手方が儲けるためのものなのだ。人間なら「すみませんでした、懲りずにご愛顧のほどを」とでも言うだろうに、しらっとして一言もない。

それでも私はせっせとAppleやMicrosoftに通い、呪文を唱え、扉を開けていただくのだ。情けない。謙虚にならざるをえないではないか。

ハルジオン、ヒメジョオン

2021年6月23日

「貧乏になって庭の手入れが行き届かなくなると、この草が生える、だから貧乏草というの」

我が家の植物学者、母はそう言っていた。このごろ、ほかの説もある、と知った。それはかなり迷信めいた説だ。折ると貧乏になるから貧乏草、だって。

地域によっては、この草の花を爪先で弾き飛ばして、ひとに当て、やあい当たった

当たった、おまえは貧乏、などと囃すこどもの遊びがあったという。

この草花は人手の入らない所によく咲く。だから母説のほうが「科学的」だ。しかし彼女は、この草の正式名をハルジオンとだけ呼んでいた。そう記憶している。

しかし私が貧乏草と呼んでいた草たちは、もしかすると同じではなく、2種類の別の草だったかもしれないと、これまたこのごろ知ってぎょっとした。ハルジオン（春紫苑）とヒメジョオン（姫女苑）。同じキク科ムカシヨモギ属に分類されていて、見た目そっくりらしい。

自慢じゃないが、我が庭には貧乏草もよく生える。じりじり待つうち、5月に入ってちらほら茎が伸び、そして花が咲いた。白花の株とピンクの花の株がある。

先週この欄の写真に出したのは、そのピンクのハルジオンだ。針のような形の細い花弁がたくさん密集していて、ツボミはうつむくようにやや垂れ下がる、という特徴に、どれもぴったり合っている。

ヒメジョオンのほうが遅れて咲く、と聞いたので、楽しみに待った。こちらは花弁が細いながらに菊らしい中太の形で、全体にも菊らしく並んでいるという。似たのを見つけるとしげしげ花弁を見たが、ない。どれもハルに見える。

ついに見つけたのは、6月18日のことだった。刈った草を積んだ脇に生え出たやつがそれ、ヒメジョオンだったのだ。何度か見たのに、これもハルか、と見捨てたやつだった。今回の写真がそれ。もし並べて見ることができたら、違いをはっきりわかっていただけると思うのだが。

それから後は、ハルとヒメを楽に見分

こちらがヒメジョオン

けることができるようになった。いやあ、鑑識眼というやつも経験で育つものなのだなあ、と思い知った次第。

もともと勝手に生える植物に興味がある。勝手に生きる動物にも興味があるけれど、これは観察に手がかかる。植物ならうちの庭にも勝手に生えてきて、じっとしているから、じっくり見える。

これらは「雑草」と呼ばれるけれども、別に特に雑に生きているわけではない。人間の功利的な役に立たないだけだ。ほかの呼び名はないものか。山野草などともいうが、山や野原ではないし、花壇から脱走して野生化したものも数多い。そうだ、野生草がいい！

というわけで、「うちの野生草図鑑」なるものを作り始めた。その名のとおりフィールドはうちの庭。そのつもりで見ると、時期に従って次々いろんな野生草が登場する。庭に限れば数は知れている、とタカをくくったのは大間違い、と思い知っているところです。

あやしい外来語

2021年6月30日

パンデミックにロックダウン、オリンピックにクラスター、コストパフォーマンスにエビデンス、ヘイトスピーチ、レイシズム……って、まあ、英語系外来語の嵐ですね、このところ。

政府のかたがたもどんどん外来語を喋る。オリンピックの〈観客への酒類提供をどうするかについて〉、丸川五輪担当相が〈「大会の性質上、ステークフォルダの存在がある」と述べた〉そうだ。6月22日、このニュースを読んだ時には目が回った。「読んで」よかった、「聞いた」のならもっと目が回っただろう。

文字面では「ステークフォルダ」に（利害関係者）と日本語訳が付けてあったからね。しかし、あらら？　これ、〈閣議後の記者会見〉での発言だというから、国民に向かって説明しているのと同じよね。それになぜ、日本語訳をつけなければならないような外来語を使うの？

そもそも、この訳、正確なのかな？　調べてみよう。

調べてみたら、ステークは棒っ杭。それも、平和なところでは境界を決めるために打つ杭だったり、危ないところでは火炙りする人間を縛り付ける棒だったりを意味する。要はひとの地所の量や生き死にを決する棒。そこから、バクチやその賭け金や賞金を意味することにもなったらしい。ほら、競馬でなんとかステークスという、あれ。なんかカッコいいものかと思っていたが、あれは英語でバクチと言っていたのだ。しかしステークスと言われると、国営でやって当然の健全な娯楽、という感じがする。

だからステークフォルダをそのまま取れば、賭け棒を持つ者。つまり賭博者。ビジネスも賭けの一種のようで、出資者をステークフォルダというそうな。

ところで、ステークフォルダを「利害関係者」と訳す例は、確かに辞書類にも見える。けれども、この場合、むしろ「出資者」がいいのではなかろうか。日本語の「利害」は、特に金銭の利害を表すわけではない。少なくとも、一般のわれわれにとって、利害損得は金銭のそれに限らない意味を持つ。楽しく観戦しながらおいしい酒を飲むのも利なら、みんなでコロナに感染するのも害だ。どちらでも「利害関係者」だ。

ところがステークフォルダの意味するところは、そんなヤワなものではない。その言葉の本体は、もっぱら金銭を賭けての利害関係者、賭けて儲ける者損する者にほかならない。

英語で生きているひとたちは、どんなにガクが無くっても、ステークフォルダと聞いた途端に、大金を賭けて勝負に出ているひとや会社を思うだろう。「大会の性質上、ステークフォルダの存在がある」と特に言うのは、つまり当然のこととしてオリンピックにはスポンサーがおり、コロナ渦中のオリンピックをどうするかについても、まず彼らの利害をソンタクせねばならない、ひとびとの健康管理はその次だ、と政府は言っている。

耳慣れない外来語は、その苦味を包んでひとびとに飲み込ませるオブラートなのだろう。

虚しい「平和の祭典」

2021年7月14日

すごいもんですね、大谷翔平という選手の評判。野球に興味ナシの私にもビンビン響いてきます。ニュースだけではないもので。

友だちのファン連中が、もう夢中。激しいのでは大谷選手を「ウチの孫」と呼んで話すオッサンがいる。もちろん親族ではない。えんえんと電話口で、それこそまるで我が孫のことみたいに、その活躍ぶりから性格のよさまで、褒めちぎるジイチャンもいる。

それがどちらも常日頃は、ごく辛口の政権批判、社会評論ばかりしている連中なのだから、唖然としてしまう。そのなりふりかまわぬ熱中ぶりを見ていて思った。こりゃ、アイドルに熱中する若者たちとまったく変わらん。とても可愛い。

私らがチビのころは、できたてのテレビのおかげで、プロレスとお相撲が花だった。力道山と若乃花（もちろん初代の）がヒーローだった。すぐに読売新聞と日テレの肝いりで野球が花開き、朝日新聞その他の発奮で高校野球が人気になった。

あの時代、スポーツは男の世界の感じが強力だったですよね。女子の正道はお人形遊びにおままごと、スポーツはせいぜいがファンまで。野球やプロレスファンの女子は、「男の世界がワカル女」として男社会に好かれたものなので、私も好かれたい根性から少しは好きなふりをしたものだなあ。

いや、正直な女子のスポーツファンがいたことも事実だろうが、私のような意地汚いファンのふり女もいたということだ。ああ、面目ない。

そんな時代に開かれた1964年東京オリンピックは、それこそ官民一体となって「平和の祭典」に酔いしれた。大多数の日本人がそうだったと思う。閉会式で、選手たちが式次第を無視して行進の列を乱し、国境を超え人種を超え、楽しげに肩を組み合って歩いた場面に大感動したのは、16歳だった私だけではないだろう。

それが今年は……。どこでどう間違ったのかしら。

私としては、1970年の大阪万博が、「世界を挙げての仲良し祭り」に疑問を

私の金メダル！（ダイビング選手権室内大会フリッパー100m女子年代別の部で）

持つようになったキッカケだった。

万博の場合、こういう催しは結局カネ儲けだ、と見破りやすかった。いくら三波春夫さんが♪こんにちはこんにちは〜〜世界の国から〜〜と歌っても、それは決して世界平和を招きはしない、各国の関連企業が万博関連事業で儲けるだけなのだ、私ら式典に協力する芸能者やクリエイターもその関連事業に関連しているだけなのだ、とわかりやすかった。

実はスポーツの祭典も同じだった、とコロナ君が暴いて見せたのが今年のオリンピックだった。

ＩＯＣを軸としたカネの契約に縛られて仕方なくやる。そこに世界平和への夢はない。ファンがこぞって熱狂できる場もない。だからスポーツ選手の努力も栄光も陰る。

ああ、虚しい限りだ。

センタクテキフウフベッセイ

２０２１年７月21日

バツイチだしぃ、結婚の予定もないしぃ、センタクテキフウフベッセイはまるでよその問題。

いや問題は男女平等の見地から、ずっと見てきた。昔は結婚したらどちらかのイエの「家名を名乗る」と民法が決めていた。それが、敗戦後、新憲法発布から2年後の１９４８年、「夫または妻の姓を名乗る」と改正された。奇しくも私が生まれた年だ。

しかし私が育った時代も、結婚すれば妻が夫の籍に入るのが常識だったなあ。逆の場合、夫は婿養子などと呼ばれて、多少ともバカにされていたものだ。

もっとも夫の籍に入ると妻はおおっぴらにバカにされ、夫を「主人」と呼び、夫からはおおむね「おい」と呼ばれ、他人もその上下関係をマトモだと思っていたものだ。

1970年、欧米に次いで日本でも巻き起こったウーマンリブがそれを変えた。まず国連が女性差別撤廃条約を採択し（79年）、日本もそれを締結した（85年）。で、「そうか、女も人間だった」という感覚が、広く、昔に比べればはるかに広く社会に広がった。けれども「結婚してもずっと自分の姓を名乗るのも人間の自由なんちゃう？」という意見が「選択的夫婦別姓」として法制化されるには至っていない。

それが最近、コロナ第4波とかの渦の間に、時々、「選択的夫婦別姓」問題が浮かび上がってくるようになった。

不思議に思って、改めてニュースをよく眺めて、わかった。2001年、内閣府の世論調査で初めて、改正賛成が反対を上回った。以後、革新系のみならず保守系の政治家たちも改正の動きに加わっている。そして近年、〈選択的夫婦別姓の早期実現を求めるビジネスリーダー有志の会〉なんてのができて、同志を集めたり声を挙げたりして話題になっている。主なメンバーには有名企業の経営者や重役が並んでいる。

驚いた、ビジネスリーダーもそんな儲からないことするんだ、と最初は思ったが、いや、なんのなんの、なぜ声を挙げたのかといえば、結婚で社の関係者の姓が変わると、いろいろな書類の署名を変えなければならず、その手間や変更ミスした場合の被害が、経済的にバカにならないからだと！

そんな儲からないことを、と思ったのは浅はか極まりなかった。錚々たるビジネスリーダーたちは、ちゃんと経済を考えて動いたのだ。テキながらアッパレ！　いや、別に敵ではないが。

ただウンドウの主体が女から男へ…この有志の会呼びかけ人4名も女は1名…と移行し、その原動力も「自身の姓を自身で決め、名乗る自由」から「登記記録事務の簡素化による経費削減」へと移っているのが、なんとも複雑な思い。70年代ウーマンリブの残党としては、はなはだ寂しい。

でも、よし！　ビジネスリーダー諸氏よ、がんばれ！　しかし、ほとんどの夫婦が別姓を選んだとしたら、なにを見て夫婦と見分ければいいの？　見分ける必要もなくなるならいいけど？　ううむ、夫婦ってなんなのだ？

入れ墨のココロ

2021年8月4日

暑い、だるい、アタマぼおっとする。

こんななかで跳んだり走ったり重いもの持ち上げたりしなきゃならない人たちは、さぞ大変だろう。

いや、オリンピック選手ではなくて、工事やら農事やら家事育児介護やら、いろんな肉体労働に従事しているみなさんのこと。本当にご苦労さまです。

オリ中継は見ていない。そもそもスポーツ観戦に興味が、無い。それでも新聞やネットから、ニュースの切れ端が入ってくる。びっくりすることも多い。

どうもこの大会、女子の優勝が多いみたい、と思っていたら、それもそのはず、今回、女子選手の出場がこれまでで最多。全選手の47％が女子だとか。「女だってチャンスを与えられれば男同様の力を発揮できるのだ！」。半信半疑で叫んでいたウーマンリブの主張が、近年、着々と実現している。

日本は遅れているけれども、国連の男女平等条約以降、ヨーロッパでは精力的に女の社会参加が進められ、政治でも経済でも今や半数近くが女の力で運営されているそうだ。それがスポーツにも順当に反映しているのだろう。また性的少数者をカミングアウトした選手も増えて、これまた時代だなあ、と感じ入る。

過去に比べて選手たち個人の自己主張が大きくなっているようだ。それを歓迎する世論も増えている。そこには基本的に「個人参加」であるインターネット社会が影響しているに違いない。この流れ、吉と出るか凶と出るかは、まだ決められないけれども。

ところで、もう一件、びっくりしたのは入れ墨だ。たまたま見た水泳選手の写真、背中は見えないが、前から見る左肩から手首まで、入念な入れ墨が入っている。今オンラインでやっているゲーム『龍が如く』の主役たち顔負けの入れ墨だ。こちらはもちろん組に属し仁義に生きるヤクザたちである。

オリンピックのほうは、最終的に7コも金を取って、今、泳ぎで最強と言われている24歳白人男子だ。調べてみると、ほかにも入れ墨の選手は少なくない。女子にもいる。

ヘチマの若者。もっと成ったらタワシを作るぞ、最後はヘチマ水だ。

たしか昔のオリンピックでは、タトゥー禁止だったはず。時代だなあ、とババは感動したのであった。

思えばオリンピック選手と任侠とは、精神が通じている。国家やら国民やら一家兄弟やらの期待を背負って、来たるべき戦闘の日に向けて精進し、時いたれば国旗やら代紋やらを掲げ、戦闘にはなんとしても勝つ！　その気合その覚悟を文字通り身に刻みつけるのが入れ墨だろう。記事を読むと、例の男子選手の入れ墨はまさにそれだ。オシャレやイタズラは別として、本気の入れ墨とはそういうものだろう。その機微にヤクザとオリンピック選手に違いはない。

そう思うと、風呂やサウナからまで締め出される現代任侠の入れ墨が、少々かわいそうになるのであった。違いはカタギの衆に迷惑かけるかどうかだけど……今年のオリンピックは、どうかな？

ドーデモイイこと

2021年8月11日

とつぜんですが、劇場の看板やポスターに、ずらずらと出演者の名前が出ている、あれには厳密な順番があるってご存知でした?

縦順ならいちばん上、横順ならいちばん右が最上位。でもいちばんが1名で治まる場合はめったにないので、最後をトメ、真ん中をナカジク、なんて特別席を設けたり、そこへまたこの順番をイレコにするとか名前の間を開けるとか、さまざまやりくって、とりあえず役者の連名は丸く治まる。

そう、この連名は役者やその事務所にとって、戦争をも辞さないオオゴトなのであった。ところが、18歳で東宝を辞めて、外側に出てみたら、だあれもこんな順番気にしていない、知りもしない。世の大半のひとたちにとっては、その役者の風貌や演技や評判だけが問題なのだった。当然だろう。

以来、なにか自分や周辺にコダワリが生じた時には、はてこれは外側にとってどの程度の問題であろうか、と考えるようになった。そして見ていると、役者の連名みたいなもの、内部にとってはオオゴトだが、そとの大半にとってはドーデモイイことが、さまざまな組織集団にある、とわかってきた。

そしてそれは、芸能界ならそれこそドーデモイイけれど、政界となると外の人間にも影響が大きい。だから困る、とわかってきた。

我が総理大臣は、どうもこの、外側にとってドーデモイイことに拘っているんじゃないかしら？　いや、ニュース解説者じゃないからそれが何かはわからない。でも、彼の挙動、発言の歯切れの悪さ、特にコロナ対策を巡るそれを見ると、そう思わずにはいられない。

　コロナ対策はわれわれにとって今、最大の問題だ。なにしろ、自分や家族や友人のイノチと生活が著しくおびやかされているのだから。シレッとしたり言葉を濁したりしてはいられない。そんな私たちと同じ問題を抱えているなら、我が総理やその一党のような挙動発言はしないし、もっとはっきりしっかりした対応策を打ち出すはずだろう。

　だから、彼らは何かわれわれ外側には

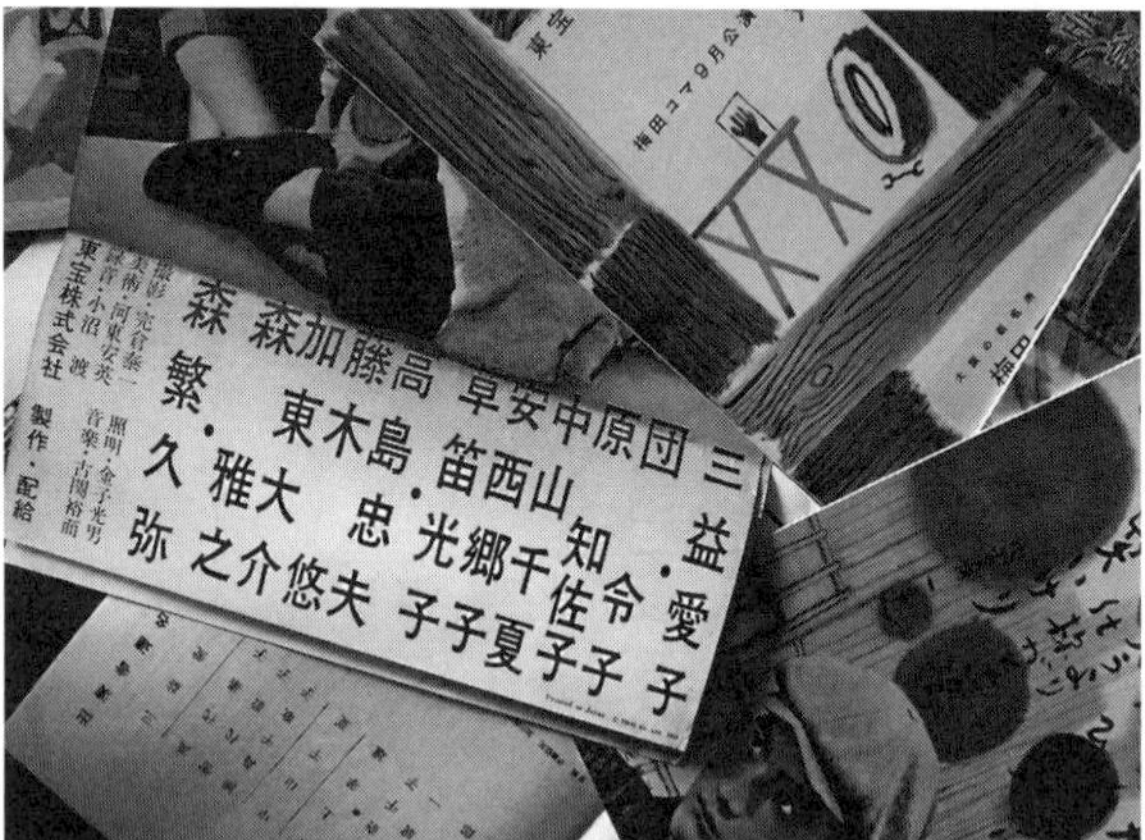

中央は『がめつい奴』映画版の連名。今も生者は草笛さんと私だけ！

ドーデモイイ問題に拘泥しているに違いない、と思わずにはいられないのだ。いつもはそんなドーデモイイ問題を面白おかしく解説してくれるマスコミも、ことコロナに関しては歯切れが悪い。ま、ドーデモイイことを解説してもらってもしかたないが。

われわれに次いでコロナ禍をワガコトとするのは、やはり医療関係者だろう。病気の学者、研究者、お医者さん、介護士さんなどなど。だから私は今、彼らの意見をよく聞いて、自分自身でどうコロナ君と付き合うか決めていこうと思っている。彼らにしても、外側にはドーデモイイ問題、連名の順番問題やギャラ問題を抱えているようだけれども、なまじな政治家よりはマシだろう。

そう念じて日々やってます。

せっかく若者に迷惑がられるほどの年まで生きたのだ、ご同輩の諸姉諸兄、我らが生涯最悪の時勢もなんのその、もう一踏ん張りしましょうぞ！

どうしてとめられないの？

2021年8月18日

ちょっと世の中が見えてきた子どものころ、母に尋ねた。

「その時のオトナたちは、どうして戦争をとめなかったの？」

なんの皮肉もなく、しんから不思議で尋ねたのだが、母はいたく自尊心を傷つけられた顔になって、激した口調で答えた。

「そんなこと、できるわけないじゃないの！」

母なる火山の爆発を恐れて、そこで私は引き下がった。

疑問を心に引っかけたまま。

もちろんその後、私も悟った。世界には、オトナたちがとめたくてもとめられない事件があるのだ、たとえ民主主義世界であっても、それはあるのだ、戦争はその代表例なのだと。

最初の悟りは、日米安保条約の継続が決まってしまった時だったろう。その後も細かい事例はいろいろあったけれど、でかいものでは原発があった。実用化当時から反対の声はあったし、フクシマの大事故以降は科学者から一般人まで、日本中といっていいほど中止を求める声があがったが、今も政府は原発保持推進の方向だ。

どうして原発やめないの、と子どもに問われてむっとしているオトナがたくさんいるだろう。

そしてこの度のオリンピック強行。その経過を見て私はつくづく母を思った。戦争をとめるなんて「そんなこと、できっこないじゃないの！」と叫んだ母を。

国内でどんなに反対の声が上がっても、政府は、ＩＯＣ＝国際オリンピック委員会とスクラム組んで、コロナ感染さなかでのオリンピック大会を強行した。終わるとバッハ会長は我が総理と都知事に功労賞を授与し、自身はのんびりと銀ブラする姿がネットに流れた。そして都知事は、オリンピックが招いたに違いない何度目かのパンデミックを理由に、ひとびとに移動の自粛を呼びかけている。

そして私たちの生命と暮らしは、ただコロナ禍のみに見舞われた場合の何倍もの危機に陥っている。それを私たちはとめられなかった。オリンピックを戦争に置き換えれば、状況は母たちの経験とそっくりではないか。

あまつさえコロナ五輪のどさくさ紛れに政府は「重要土地利用規制法」を成立させた（6月16日）。日米軍事基地ほか国の安全保障にとって重要な施設周辺の土地は、国がその利用状況を任意に調査し、場合によってはその土地の利用や売買を規制する、という法だ。まぎれもなくまた一歩、戦時体制へと接近したのだ。私たち今のオトナはこの流れをとめられずにいる。母たちと同じように。

打ち明けると、今や私の心配はテロとクーデター。いや冗談なしに。実際、今、世界中で、ヤケの私的な発砲も含めて、テロがたくさん起きている。軍人によるクーデターもしかり。自衛隊というリッパな軍隊があるからには、心配せずにはいられない。ま、民主主義下のオトナとして、私たちは母たちよりも成長しているだろう。時勢に抗う力も強くなっているはず。だからだいじょうぶ！……なはずなんですけどね。

だいじな居場所

2021年9月1日

この国は「自殺大国」だそうで。G8つまり世界の中で主要な国、と自認して、時々、首長が会談なんかする8国のなかで、自殺の多さではロシアとトップを競っているそうな。

それにしても、近年は子どもの自殺が目立って増えている、と聞いて暗然とした。

今年はまた一段と多いらしい。NHKのニュースWEBによると、この1月から7

月の段階で、小中高生徒の自殺が暫定270人、〈年間で過去最多の499人となった去年の同じ時期を29人上回って〉いるという。

なんとこれもコロナ君のせい、と文科省の専門家会議は分析している。休校や緊急体勢のために、うちにいる機会が増えた。おかげで家族とうまくいかない子たちはツライ思いをしている。さらに学校友だちとの交流や切磋琢磨の機会を奪われて、うつうつとして死にたくなるらしい。

なるほどなあ、休校になれば子どもはみんな喜ぶ、と思っていたが、言われてみれば、同僚との交流の場として、またイヤな家庭から堂々と逃げられる場として、学校が機能している面もあるのだ。

「死にたい」子たちがツライ家庭を逃れたり、悩みを相談したりできるシステムを、関係団体は用意する努力をしているとのこと。ご苦労さまです。

私の周辺には子どもがいないから、子どもの悩みはよくわからん。と投げ出しかけたが、待てよ、私は、というかオトナはみんな、子ども時代を経験しているではないか。思い出せばいいのだ。

ううむ。思えば思うほど、私は死ぬほどの悩みは無い子だったなあ。事件がなかったわけではない。2、3歳のころには父が交代して、私は祖母の家に預けられたりした。幼稚園へ上がる頃には、そんなことすっかり忘れて、父母と祖母との4人暮らしに親しんだ。商家だからオトナは忙しく、家庭は開放的、それでも私はなにかしら家族に秘密をもっていた。それはたいてい、親に話したら叱られそうなあれこれであった。

小学校の5年になると、そもそも家庭

標高230メートルのわが家から

がなくなった。私の子役業が忙しくなったためだ。家族は私と母、父と祖母に分裂したが、そもそも生活の中心となった芝居が大好きでオモシロクてたまらなかったので、その邪魔にならないかぎり、学校も家庭も問題ナシ、だったのだと思う。

こうして思い返してみると、小中高の時代の私は、どっぷり浸れる家庭や学校、抱えた問題を相談する家族や友を、まったく持っていなかった。それでも機嫌よく成長できたのは、芸能という自分の場所があったからだろう。私にとっての芸能は、ちょうどある種の子どもたちがたむろする路上のようなものだったのだろう。彼女ら彼らにとっては路上が自分の場所なのだろう。

オトナにとっても子どもにとっても、生き抜くためには自分の場所とそこに集う仲間が必要なのだと思う。そういう場を用意しようというＮＰＯの取り組みは、的を射ている。

貧弱このうえない医療体制

２０２１年９月８日

いつも明るく元気に話をしたいと思っているんですがね、今回はどうも意気が上がりません。

第一、毎日、天気が悪い。せっかく色づきかけていたトマト、今年はダメだろう。ナスも心配。草花もさんざん。

それにしても、最近の天候はどうなっちゃったのか。春も秋もないに等しい。豪雨と猛暑と梅雨寒ばかりが続く。気のせいではないらしい。北極の温暖化がいよいよいけなくなって、天候に大きな影響をおよぼしているとのこと。世界的に悪天候による災害のニュースが増えている。

加えてコロナ。これがまた世界的に衰える気配なし。それでもつい先ごろまでは、悪天候に較べれば、ニュースのなかの流行、どこか他人事だったのだけれど。

静岡県発表のデータ「新型コロナウイルス感染症患者について」によると、去年の5月半ば、我が伊東市に住む1人が発熱などの症状を自覚。18日に担当センターに通報。20日にPCR検査したところ、陽性と判明した。このひとが伊東市では最初、県では74例目の感染者ということになっている。

この「伊東市初の感染者」をいつどう知ったか、覚えがない。「ついに地元まで来たか」と家人と話した覚えがあるから、いつか、マスコミで知ったに違いない。しかしこのテのニュースは、いつでもどこでも今ひとつ歯切れが悪い。感染者のプライバシーや地域産業、地域観光への影響を考慮するから、発表も遅れたりなかったりするし、報道もそれに左右される。結果として我ら情報の末端には、ほかのニュースほど素早く明確な話が届かない。

今の世の中が不安なのは、ひとつにはそんな情報のありようが原因だと思う。

伊東市にまで迫り、オリンピックに応援され、日々いきおいを増してきたコロナと、いよいよ直面した。そう実感したのは、友人が、それも二人も、コロナ感染で他界した、と知った時だ。

伊東ではなく、他地域の住民だが、年

猛暑をゆくカタツムリ

に1度は会っていた。向こうが伊東に来たこともある。今やはるか遠い芸能界の知人がコロナで死んだというマスコミのニュースより、地域の地味な報道や友人の間をゆっくり伝わってきたこの訃報のほうが、はるかに衝撃は大きかった。友人にまでこの禍は迫ったか、と。

もうひとりの東京在住の友人は、会社の同僚に感染者が出た。すぐに検査を受けたいがいろんな条件があって無料は無理、自費だと3万以上かかる、と青くなっている。

こうして身近に迫るコロナ禍を見ていると、いまさらながらこの国の医療体制は貧弱このうえない、と思わずにはいられない。くたびれはてて退陣に追い込まれた菅さんも、みんなが非難するとおり、右顧左眄して、まっすぐコロナやひとびとの経済的困窮に向き合わなかった。しかし彼だけか?

ひとびとの暮らしと健康を第一に政権を用いる、そんな総理大臣は、少なくとも私はひとりも見たことがない。

堤防に空いた穴

2021年9月15日

「オランダを救った少年」のこと、ご同輩なら覚えておられますよね。

あの話で私は、海より低い国がある、と知ったのだった。

私だけではない、1957年ごろ、あの話は近所の子たちもよく知っていた。テレビで知った覚えはない。どうしてみんな知っていたのだろう？

調べてみたら、この話、当時、小学校の道徳教育に使われていた。大阪は布施市立第二小学校でも、授業で使ったに違いない。どんな教訓がついていたかは、まるで覚えていないけれども。

実際、オランダ語で国名を、ネザーランド＝低い土地、と言うように、この国の大半は海より低く、周囲をおびただしいダムや防波堤が守っている。これらが決壊したら国土は沈む。

そこに着目した逸話をオランダ系アメリカ人の作家、メアリー・メイプスドッジが書いた。それを「ハールレムの英雄」と題して、少年小説『銀のスケート』に盛り込んだところ大評判になり、ついには日本にまで届き、翻訳出版されるわ、道徳の教材になるわと広がったわけ。

オランダに旅行されたかたなら、どこかでこの少年の像をごらんになったかも。堤防に空いた穴を、自分の腕で塞ごうとしている。アムステルダムに近いスパールンダムの像が有名だけれども、ほかにもあるという。作家の作り話、というのが定説でも、地元までが像を建てるほど感動したのだ。

その方面の学者によると、多少とも堤防が破損したら、少年の腕一本で海水をせき止めるのは、無理なのだそうだ。ダイビングで海に遊んでもらった乏しい経験からしても、そもそも海水を堤防で堰き止めることからして驚異的だ。

しかしそこが物語の力。

ふと通りかかって堤防の穴を見つける。穴からは海水が漏れ、だんだん勢いが増してくる。周囲にひとはいない。腕しか突っ込むものがない。声を限りに助けを呼ぶ。穴はどんどん大きくなる。叫びながら、少年はシャツを脱ぎ、腕に巻きつけて、なおも穴を塞ごうとあがく。

その場面は今もなお、いきいきと蘇るのだ。作り話と知ってもなお。こんなニュースを読んだ時に。

〈2001年にアメリカで同時多発テロ事件が発生したことを受けて、日本政府は、インド洋でテロ対策にあたるアメリカ軍艦船などへの給油活動に自衛隊を派遣するなどしたほか、2015年には安全保障関連法を成立させ、この20年で自衛隊の海外での活動は拡大してきました。〉〈一方、アフガニスタン情勢の混乱を受けて、自衛隊機を現地に派遣したものの、多くの退避希望者を残したまま撤収する結果となり、自民党内からは、政府の対応に遅れがあったとして、自衛隊機の海外派遣の要件を緩和すべきだという指摘が出ています。〉（9月11日　ＮＨＫ）

私たちの暮らしを守る堤防に、穴がひとつ。またひとつ。紙一枚の堤防だから、もともと脆い。今に決壊してどっと戦争がなだれこんでくる。誰か、誰か……。

思わず自分の腕を突っ込んだ少年の気持ちが、よくわかるのだ。

あとがき

「ただいま雑記」と題して週に一度、写真一枚添えたコラムを始めたのは還暦を過ぎたばかりの時。

我が伊豆半島の地元紙、その名も伊豆新聞に載せてくださるというので、いそいそと始めた。どんどん書いた。人生は旅、旅の恥は掻き捨て、さて連載の恥は書き捨て、とばかりに気楽にやってきた。

ふと振り返ったら10年を越していた。まだ書いている。

そんな雑記の最近をキトクな編集者が一冊にまとめてくださった。ありがたいことです。

なによりも、ずっと自由に書かせてくださった伊豆新聞、そして寛容におつきあいくださった読者のみなさんに心から感謝します。おかげでこんな本ができました。

ほんとうに、ありがとう！

２０２１年秋　記

中山千夏（なかやま ちなつ）
1948年生まれ。8歳でデビュー、「名子役」として有名に。70年代には、俳優、司会者、声優、歌手としてテレビで活躍。文筆でも『子役の時間』ほかで直木賞候補になるなど、その多才が広く知られた。80年から参議院議員を一期務めた。現在は著作に専念。著書は『主人公はきみだ』、絵本『どんなかんじかなあ』（絵・和田誠）、『おいる』（絵・海老原暎）など。
静岡県伊東市在住。

ふむ、私は順調に老化している

二〇二一年一〇月三一日　第一刷発行

著者……中山千夏
編集発行人…シミズヒトシ
発行……株式会社ハモニカブックス
東京都新宿区高田馬場二―一―一―三一―二〇一
〒169―0075
電　話　03・6273・8399
FAX　03・5291・7760
mail: hamonicabooks@office.nifty.jp
印刷……株式会社エーヴィスシステムズ
製本……株式会社文京ブックバインディング
組版……株式会社アイエムプランニング